JOËLLE VARENNE

BOULETTE

roman

le courage
BERNARD GRASSET
PARIS

le courage

Collection dirigée par Charles Dantzig

ISBN 978-2-246-83513-4

À ma sœur, à mes frères

« Nombreux sont ceux qui vivent en nous. »

Fernando Pessoa,
Je ne suis personne, 1935.

On ne se voit jamais

Dans le chariot, une friteuse en promotion s'est invitée, deux dindes pâlichonnes se serrent à côté du dernier best-seller d'un présentateur télé dont la fille anorexique s'est jetée sous le métro aérien. Avec sa folie de bouffe et de rêves ménagers, Grosse-Dame dodeline du derrière entre les allées rectilignes du supermarché en barrant les denrées indispensables qui figurent sur son interminable liste, tentée par les choses pas vraiment nécessaires, voire absolument inutiles. Boulette s'attend à prendre le tournant vers le rayon boucherie lorsque Grosse-Dame reprend les commandes du chariot et l'engage dans une direction inattendue : la lingerie. À la vue de ces slips, soutiens-gorge, bodys, bikinis aux matières diverses, ces soies, cotons, taffetas et dentelles de toutes les couleurs de l'arc-en-ciel, Boulette est tel l'animal que l'on s'apprête à vacciner et qui redoute l'aiguille, la chienne, si habituée à sa longue maladie qu'elle est devenue de bonne compagnie.

— *Ça te plaît ?*

Boulette ne répond pas. Grosse-Dame retire l'article du rayonnage surchargé et tente l'essayage de la muselière gris perle par-dessus le sweat noir informe de Boulette. Elle recule. Grosse-Dame s'énerve. Mue par une sorte de compassion, Boulette capitule. Le souffle coupé, elle ferme les yeux en attendant que ça passe quand elle entend la voix caverneuse de celui qu'elle a fini par appeler Papa, faute d'en avoir un. *Une heure que je vous cherche ! J'ai pas trouvé ces foutues ampoules !* Boulette bondit tandis que Grosse-Dame essaie de renvoyer l'intrus côté bricolage. M. Mandoline diffuse son haleine de cimetière sur les soies et les taffetas, il s'obstine, polémique sur les différentes tailles et consommations énergétiques en tapant de ses mocassins troués sur le linoléum englué. Grosse-Dame agite sa moelle, brandit le tissu d'infamie devant les yeux de son homme de compagnie qui, malgré ses grandes oreilles et les verres à double foyer sur son nez, ne percute pas. Il lui vient l'idée géniale, lumineuse, de vanter une promotion sur les perceuses pour s'en débarrasser et tenter à nouveau l'essayage de l'objet, mais cette fois, Boulette n'abdique pas. D'un geste brusque, Grosse-Dame envoie le soutien-gorge dans le chariot et s'éloigne.

Le soutien-gorge reste longtemps dans un tiroir. Pour ne pas éveiller les soupçons de Grosse-Dame, Boulette le baptise en essuyant ses aisselles odorantes et le jette dans la panière à linge sale. Les jours de gymnastique tant redoutés, la douleur lui rappelle qu'il peut avoir une certaine utilité. Elle s'en arme pour passer l'épreuve du trampoline et s'en débarrasse dès que possible. Ce n'est pas le vêtement qui lui inspire tant d'aversion, mais le sentiment de ridicule qui l'accompagne. *Tu es une femme, il faut te dépêcher de comprendre que tu es une femme et agir en conséquence.* Mais Grosse-Dame la ferme, comme à propos de la chose utile aux hémorragies rangée dans le placard des toilettes : elle préférerait ne pas évoquer le sujet. Lorsqu'elle croise un miroir, elle détourne les yeux, *le visage n'est pas important, on ne se voit jamais.*

La balance

75,8 kg, affiche la balance du centre commercial. Pendant que Boulette constate, hébétée, son poids catastrophal, Grosse-Dame remplit le chariot de plats tout préparés spécial minceur et de pilules destructrices de gras. La lettre fatale est arrivée : la visite annuelle obligatoire chez le pédiatre ordonnée par la Tour des enfants perdus, centre social qui place les infortunés de naissance. Hantise de Grosse-Dame, car à avoir trop nourri Boulette, elle risque de perdre son emploi. Vite, il faut que Boulette maigrisse, vite il faut qu'elle soit présentable avant la visite qu'on repousse au plus tard possible. Chaque année, c'est problématique, mais l'année où Boulette a connu les *menstruosités*, ses cuisses, qui se frottent douloureusement quand elle marche, ont quasiment triplé de volume. Le chrono est lancé. On lui présente à chaque repas ces barquettes sous cellophane qui menacent d'exploser après leur passage au micro-ondes, et dont l'emballage comptabilise, en sept chiffres capitaux, le nombre de calories auxquelles elle a droit. Quand Grosse-Dame lui demande d'aller chercher un sac de cochonnailles dans l'antique congélateur du sous-sol, elle se rattrape. Seulement, elle n'est pas très maligne, Boulette, de grignoter des morceaux de génoises surgelées en cachette. Si leur goût est inexistant, le sucre y est pourtant bien présent et lui fait mal aux dents. *Pourquoi l'aiguille de la balance ne fléchit-elle pas ?* Ça finit par se voir. Un seul regard vers Boulette fait comprendre à Grosse-Dame qu'elle est la responsable de la diminution du stock de génoises. La nourrice pense au prix que lui ont coûté les barquettes spécial minceur et autres pilules contre-attaque. La somme représente plus que ce qu'elle touche par mois pour garder Boulette sous son toit, alors qu'il faut la vêtir de neuf de plus en plus souvent tant son poids augmente. Avec tout ce qu'elle fait pour Boulette, crie-t-elle… À la pensée qu'on la lui retire et qu'en prime, elle risque de pointer au chômage, Grosse-Dame enrage.

Grosse-Dame est triste.

Boulette culpabilise, un peu.

On pourra dire à la pédiatre : « *C'est la faute des plâtres pour réparer tous ses os brisés en quelques mois. Un index, un tibia, une cheville, l'autre cheville, le bras droit.* » Quand bien même, Boulette ne mesure qu'un mètre cinquante-trois ! Elle pourra toujours poser un seul pied sur le revêtement noir antidérapant de la balance, jeter un sort à l'aiguille pour virer à l'ouest du large cadran sur fond blanc, faire carême le matin, la veille de l'examen. Ça ne suffira pas. Toujours, sur son carnet de santé dont certaines pages menacent de se détacher de la tranche, on verra souligné trois fois à l'encre rouge : *attention au poids !*

*

Depuis quelque temps, Boulette se déplace seule afin d'honorer les visites obligatoires à Mère, visites qui se déroulent à la Tour des enfants perdus. Un mercredi midi après les cours, quand d'autres s'adonnent à la gymnastique rythmique ou à la peinture à la gouache, Boulette prend l'autobus du collège pour se rendre à ce rendez-vous. Afin de satisfaire ses besoins alimentaires, Grosse-Dame lui prépare une boîte de raviolis bolognaise à réchauffer sur place au micro-ondes, mais à peine est-elle montée dans le véhicule bondé qu'elle s'agrippe, faute de place assise, à une poignée triangulaire en hauteur et en engloutit, d'une main fébrile, l'insipide contenu. Elle se retenait de s'empiffrer depuis le cours de technologie où, entre deux soudures approximatives à sa radio portative, elle guettait son gros cartable militaire, alléchée par les effluves imaginaires.

Rien de spécial sur le chemin de la gare routière qui porte le nom d'un peintre espagnol bien connu des dictionnaires. En guise d'hommage à celui-ci, des piliers orange tapissés de mosaïque ratée sur fond de cages à ciel mènent à une avenue en ligne droite ponctuée d'arbustes rabougris à feuilles ternes. D'un côté, le centre commercial BB-II et de l'autre, le cimetière municipal. Rayons alimentaires contre allées de pierres tombales. Depuis sa plus tendre enfance, Boulette se rend tous les quinze jours au bout de cette avenue pour atteindre la Tour des enfants perdus, érigée au pied de dalles de béton affaissées et fissurées par endroits. Les yeux rivés sur ses souliers plats, elle slalome entre ces carrés à motif imitation galets où poussent des herbes folâtres, elle affronte les quatre vents puis les relents de pissotière qui parfument le hall funèbre de l'immeuble. Elle n'appuie pas sur l'interrupteur. Autant s'épargner la vue du carrelage aux couleurs de Maya l'abeille et les boîtes à emmerdes qui débordent de carrousels publicitaires et de lettres jamais ouvertes.

Quand Boulette arrive au vingt-troisième étage de la Tour des enfants perdus, Mère l'attend à l'accueil sur fond de tapisserie géométrique, les mains enfouies dans les poches arrière de sa mini-jupe en jean bien trop mini et bien trop serrée. Fière et cambrée, ses gros seins moulés dans un chemisier blanc qui a viré jaune aux aisselles, elle lui tend une offrande prélevée sur sa modique pension, dissimulée dans un pochon en kraft marronnasse d'un bouffe-express. Parfois, Boulette accepte à contrecœur de se balader là-bas avec elle, mais elle marche toujours tête baissée, à quelques mètres de distance, de peur de l'esclandre qui ne manquera pas d'arriver à cause de l'escroc buveur et criminel qui stationne dangereusement près de la poubelle selon Mère.

Après s'être laissé embrasser par Mère qui dépose du rose à lèvres sur ses joues rebondies, Boulette entame un Royal Plouc-Chicken à étages et des frites tiédasses badigeonnées de sauce salsa. Gosier serré, elle répond à celle qui la flagorne avant de se lancer dans des considérations tous azimuts sur l'art et la vie en général. *Je suis allée au musée des Arts décoratifs. Ce fut extraordinairement ordinaire comme musée, il y a de la vaisselle et de vieux objets genre sculptures dans l'ivoire et des meubles moches comme tout. C'est poussiéreux, ça ne m'a pas tellement plu, mais enfin... on voit. J'ai eu la surprise d'apercevoir Dame la nourrice derrière un pilier, est-ce qu'elle me surveille ? Les gardiens étaient bien menaçants et grimaçants. On dirait que c'est habité à côté, il y a le ministère, il faut dire que les hommes d'État ne savent plus où coucher. Qu'est-ce que je m'ennuie, c'est long les week-ends sans toi, Boulette.*

Boulette renasque, commence le deuxième Royal Plouc-Chicken, elle force, elle a mal, mais elle ira au bout de cette affaire, quand Dame-Sociale, Marie-Christine pour les intimes, débarque pour voir si tout va comme il se doit. À peine entrée dans cette pièce au mobilier nec plus ultra prolo-scandinave, elle marque un temps d'arrêt pour renifler la situation et se jette, autoritaire, sur Boulette, arrache de ses doigts boudinés le dernier quart du sandwich à étages. Boulette est si congestionnée que l'on ne voit plus la couleur claire de fine de ses yeux, héritage de sa lignée. Une engueulade blézimarde éclate, Dame-Sociale refuse de se soumettre aux arguments de Mère qui défend sa Boulette et souligne, au passage, le manque de sérieux de cette chère Dame-Sociale qui ne répond jamais à ses lettres. On téléphone à Grosse-Dame pour lui demander ce que Boulette a ingurgité au préalable tandis que celle-ci échoue à réprimer un petit rot exutoire.

Au moins, aujourd'hui, étant donné l'inconséquence de sa génitrice, Boulette échappera à ce que celle-ci la raccompagne jusqu'à la gare routière en travaux perpétuels. Qu'elle n'aille la rattraper si elle s'éloigne, la mette en garde à propos des échafaudages, renchérisse sur le communisme, prétexte une chose importante à lui dire sur le bleu du ciel, lui réclame un baiser, un autre baiser forcé dans les relents de savonnette jasmin bon marché avant que Boulette ne se précipite dans l'autobus à peine à l'arrêt. Une fois, Boulette crut s'en être débarrassée jusqu'à ce qu'elle la découvre debout au milieu des passagers. Le regard de Mère fixé sur elle, Boulette ne savait plus où se foutre, incapable de traverser la foule et leurs sacs de boustifaille, persuadée qu'ils savaient tous que cette drôle de femme était sa mère : *Il faut descendre à ton arrêt, Boulette. Pourquoi tu descends pas ? Tu vas te faire gronder !*

Il était une fois...

Mère est une jeune femme aux yeux clairs et aux cheveux décoloriés à l'oxygène. Elle se présente au monde, la plupart du temps, ébouriffée, avec des vêtements trop grands ou habillée en petite fille. Du haut de sa taille moyenne, elle s'exprime d'un ton agressif, tour à tour passionné ou nonchalant. Son cou ne se dresse pas noblement telle une colonne mais plutôt façon tour de Pise, et elle garde souvent ses mains croisées dans le dos. Celui qui rencontre son regard est frappé par son expression à la fois angoissée et absente, et décontenancé par ses propos incohérents. Mère vit seule à l'extrême périphérie de la capitale – il suffit de sept stations, deux changements, soixante-huit marches pour y accéder, question d'habitude – dans un appartement semblable à un couloir où se reflètent sur les murs fendillés ornés de dessins inachevés, sur l'émail d'une vaisselle cassée, les négociations avec les marchands d'antiquités, installés au pied de l'immeuble. Près du matelas mousse incurvé posé à même le sol, un tourne-disques paraît abandonné. Le père de Boulette ? Personne ne sait qui il est. Mère non plus, à dire vrai. Est-ce celui qui a laissé un pourliche dans l'assiette où restait une part de cheesecake à la fraise ? Celui qui lui a offert un blue-jean à franges avant de disparaître ? Trois semaines après l'affaire, ses fesses ne rentraient déjà plus dedans. Reste qu'un dimanche matin d'hiver, un jeune médecin de garde – que la parturiente aurait bien accueilli autrement dans son lit – arrive après la bataille des eaux et des sangs, bataille qui fit croire à Mère à une descente d'organes. Faute d'anesthésie, pendant qu'elle se roule sur le tapis à torsades dont la poussière s'élance dans les airs, il la réprimande : il aurait mieux valu l'attendre avant de pousser la vie. Le médecin de garde retire son manteau en laine bouillie et couvre mère et enfant en pleine crise d'hypothermie, et déclare Boulette vivante au bureau des admissions à la vie.

Mère désirait un garçon, car leur genre est mieux aimé dans la vie, selon elle. *Même si sans les femelles, ils sont perdus*, ajoute-t-elle. Aussi, elle parle de la chose sortie de son ventre distendu à la troisième personne du singulier masculin ou, lorsque lui vient l'inspiration poétique, la désigne comme « la bébé ». Mais le plus souvent, elle la nomme peu. Elle la porte en permanence dans une poche kangourou non adaptée à sa taille dans laquelle, comprimée, violacée, Boulette peut difficilement respirer et bouger. Indifférenciée du corps de Mère, elle est une chose hypotonique, couverte d'eczéma.

De longue date, Mère est surveillée par Médecin-traitant-de-l'âme, Dr Popper, qu'elle visite régulièrement dans un dispensaire d'hygiène mentale. Dans la salle d'attente aux fenêtres grillagées et aux plantes artificielles, les patients les plus sages ruminent en mâchonnant des barres chocolatées industrielles. Ils jettent un œil distrait aux titres datés de presse sensationnelle qui narrent les faits et gestes d'une ancienne vedette reconvertie dans l'élevage intensif de chats. Repliés au plus près des radiateurs glougloutants, ils économisent leur consommation de chauffage personnel quand les plus sauvages aboient sur la secrétaire au chignon défait qui s'évertue à rester polie devant leurs menaces. Dans ce haut lieu d'échanges sociaux, Mère est soumise à des examens de l'âme d'autant plus obligatoires qu'elle exprime son souhait de garder Boulette avec elle, se jugeant tout à fait capable de s'en occuper. Sans épisode aigu ou événement grave, le pronostic est difficile à établir pour celui qui traite régulièrement sa binette, sous peine de voir s'écrouler tous les efforts de plusieurs années de travail. Ainsi, un autre praticien est engagé pour observer Boulette, tour à tour amorphe, choquée ou éveillée suivant l'état de Mère. Le médecin juge son état peu satisfaisant, et essaie d'amener Mère à parler de Boulette, à la regarder, à la considérer. Sans grand succès. Lorsqu'il se risque à un compliment sur *sa jolie petite fille*, Mère le foudroie du regard et cache le visage de l'enfant avec ses mains aux ongles peu soignés. Doutant de l'aptitude de Mère à répondre aux besoins de son enfant, il effectue des examens complémentaires. Des comètes de somnifères décelées dans le sang de Boulette font envisager son placement.

Mère boude Dr Popper et retire Boulette de la crèche municipale où elle a séjourné. Elle prétexte l'arrivée d'une tantine de l'Est venue prendre grand soin d'elle, pendant qu'elle ira faire quelques emplettes au magasin et suivre des cours d'aérobic pour retrouver sa silhouette. Afin de rendre Boulette méconnaissable, elle lui coupe cils et sourcils, et dans les rares moments où elle n'est pas plaquée contre elle, elle la confie à la vigilance de sa chatte obèse, baptisée Myrtille en hommage à son fruit préféré.

Bien que les capacités intellectuelles de Mère soient partiellement altérées par la maladie – et souvent, de ce fait, remarquables –, elle les utilise à l'occasion. Elle déploie des stratégies d'évitement pour esquiver, en particulier, les intervenants médicaux et sociaux pourtant à même de l'aider. Ainsi, quand on frappe à sa porte à trois points, Mère ne répond pas. Elle refuse toute visite, quelle qu'elle soit. Si elle avait des deniers dorés sur son compte bancaire, elle ferait installer un système de surveillance, comme celui qu'elle a vu à la super émission de l'Homme-modèle-des-arts-ménagers qui raconte des histoires extraordinaires auxquelles elle croit fermement. En revanche, elle n'accorde aucun crédit aux convocations qui s'accumulent dans sa boîte à emmerdes au rez-de-chaussée. Elle se sent surveillée, traquée, sans comprendre pourquoi. C'est la raison pour laquelle elle se promène avec un pistolet à impulsion électrique dans son sac en similicuir couvert de poils de chat. Encore faudrait-il changer les piles de l'appareil pour pouvoir électrocuter ses éventuels agresseurs.

Mère ne s'est pas présentée au rappel de vaccination de Boulette. Deux travailleurs sociaux connus d'elle se déplacent alors à son domicile et, ne la trouvant pas dans les murs verts de peinture au plomb de l'immeuble, en profitent pour questionner discrètement le patron du café tout proche qui se vante de servir le meilleur couscous du département. Entouré de sa collection de billets de banque internationaux froissés et de cartes postales rurales ou érotico-douteuses, le patron expose son point de vue sur l'intéressée en essuyant des verres à bière avec un torchon franchement sale. Il connaît Mère pour être isolée dans le voisinage, pour ses discours abracadabrants ou injurieux et pour porter ce qui ressemblerait à un bébé qu'elle plaque contre son ventre dans une poche kangourou improbable pour sa taille. C'est aussi ce que constatent les travailleurs sociaux lorsque, revenue de promenade, Mère se retrouve nez à nez avec ces visiteurs indésirables. Méfiante, elle fait semblant de ne pas les reconnaître, hésite à dégainer son pistolet jusqu'à ce qu'ils précisent le motif de leur visite : sa bébé a été signalée à Monsieur-le-magistrat. Devant ce fait de justice accompli, Mère se montre coopérante un bref instant, demande rendez-vous avec le monsieur stratégique, mais redevient vite agressive lorsque l'un des visiteurs sourit à Boulette. Sourire auquel celle-ci répond sans plaisir ni crainte, mais par un regard d'une indifférence inquiétante.

Les travailleurs sociaux demandent à visiter son logement, ou plutôt l'exigent, papier officiel à l'appui. Puisqu'ici, il y a tout le nécessaire, qu'ils entrent ! Ils découvrent alors une petite pièce tout en longueur éclairée par une unique fenêtre à simple vitrage, trouble par endroits. Au-delà, une cour étroite abrite les poubelles de l'immeuble et un sapin de Noël abandonné sur l'asphalte. Ils reviennent à la pièce principale, examinent le coin cuisine constitué d'une bassine rouge pleine de vaisselle et d'oripeaux de légumes qui stagnent dans une eau verdâtre, entourée de placards de rangement vétustes à l'équilibre précaire qui supportent un réchaud de camping à gaz. Plus loin, vacille une penderie tout aussi précaire que Mère a bricolée elle-même, précise-t-elle, fière, en se juchant sur la pointe de ses orteils. Un rideau tient lieu de porte aux sanitaires où les contrôleurs découvrent avec surprise des articles de maquillage de luxe exposés sur une étagère branlante. La porte du réfrigérateur est ouverte, des barquettes de nourriture s'entassent contre les parois marbrées de coulures et de crasse. Outre la vaisselle ébréchée, sa dînette se résume à des boîtes en plastique ayant contenu du fromage blanc à zéro pour cent de matière grasse qui font office d'assiettes, accompagnées de couverts en toc récupérés de cartons de lessive en poudre. Mère nourrit Boulette aux laitages, la purge avec des tisanes, indique-t-elle en désignant du doigt l'armoire à pharmacie étonnamment clinquante dans laquelle elle dit ranger des médicaments sans toutefois préciser lesquels. Ses revenus, elle les estime bien suffisants pour faire vivre Boulette. En réponse, les visiteurs lui rappellent les faits de mendicité qui figurent dans son dossier, ses demandes récurrentes de secours financier pour payer son loyer, ses plaintes de ne pas manger tous les jours à sa faim, toutes requêtes adressées au dispensaire d'hygiène mentale qui lui fournit gracieusement les boîtes de lait infantile. Mère ne supporte plus d'entendre ce qu'elle considère comme des calomnies et met à la porte ses accusateurs avant de refermer les verrous d'un coup sec.

Par chance, ou plutôt par calcul, Mère est matinale. Elle se réveille quand d'autres dorment encore. Depuis cette visite non désirée, elle part en errance au petit jour, prend l'habitude des premiers et derniers métros, et veille à éviter le regard appuyé des marginaux à barbe et des gens de couleur professionnels du ménage, population majoritaire dans les transports en commun à ces horaires. Elle craint ces inconnus comme les voisins auxquels elle s'était brièvement liée lors d'une partie de Scrabble improvisée, mais qu'elle a fini par flanquer dehors tant ils étaient envahissants. Elle s'accroche à une poignée du métro, ses pensées toutes à son objectif : la visite des grands magasins. Dans ces allées trop éclairées peuplées de mannequins de cire sans visage, elle chantonnera l'air douceâtre diffusé en fond sonore, rêvant à tous les modèles de body, bikini, soutien-gorge et slip en dentelle qu'elle s'offrirait si elle perdait du poids. Car depuis que Boulette est sortie de son ventre, elle a grossi, elle se sent laide, elle est obsédée par l'idée de maigrir. Ces petites marches matinales joignent finalement l'utile à l'agréable. Elle profite aussi des nombreux parcs avec l'arrivée des beaux jours, où elle aime à regarder les gens passer, assise sur un banc. Enfermée dans son silence et pour tromper sa solitude, elle emmène Boulette dans de longs errements à travers la Ville lumière, traînant jusque tard dans les supermarchés, les manifestations publiques, en attendant la nuit.

La veille, elle a dû un peu trop doser les cachets. D'habitude, Boulette la réveille toujours par ses cris perçants lorsque l'effet s'estompe, six heures après leur administration. Ce jour-là, au saut du lit, elle attrape Boulette endormie dans la panière à pain où dort Myrtille et la bandoulie contre elle, sacrifiant sa chicorée et ses tartines de jambon et de beurre salé pour se précipiter dehors. En bas de l'escalier enguirlandé de câbles triphasés et de toiles d'araignée, un couple d'uniformes surgit du local à poubelles. Ce sont des autoritaires de police. Ils ont une ordonnance officielle pour le déplacement de Boulette signée par Monsieur-le-magistrat. Coincée, Mère remonte les marches poussiéreuses, manque de tomber, crie, peste, crache. Elle se rappelle couper le cordon, la sensation du geste, les ciseaux désinfectés au liquide vaisselle d'une main alerte. On lui arrache la chose issue de ses entrailles sans anesthésie, une fois encore.

À quelques kilomètres de là,
cité Baudelaire...

Ici, tout est fait pour ne pas avoir à quitter son périmètre de vie sauf à éprouver une insoutenable envie de viande porcine, puisque la boucherie de quartier n'en vend pas. À la boulangerie, on trouve du pain tunisien et des pizzas « quatre froumages ». Le supermarché se dispense d'organiser ses étalages où se côtoient produits de première nécessité, curiosités orientales et appareils ménagers en promotion. Il y a aussi une pharmacie, seule boutique équipée d'un système de vidéosurveillance, une papeterie bordélique aux horaires approximatifs. Des jeunes et des moins jeunes passent leurs journées à guetter l'événement dans les couloirs lugubres éclairés au néon et bas de plafond, emmitouflés dans des vestes de marque luxueuses pour braver les incessantes bourrasques. Certains jouent au rodéo-mobylette, d'autres aux cartes, d'autres à la reluquade de paires de fesses mais ils n'hésiteront pas à engueuler leur sœur si elle traîne par là sans autre raison valable que de porter des sacs de boustifaille ou leur marmaille.

Grosse-Dame, elle, se rend chez *À la tête du client*, la coiffeuse de cette joyeuse galerie marchande en bas de chez elle. Elle traverse le passage d'un pas alerte jusqu'à atteindre la boutique aux airs de pompes funèbres avec ses pots de roses blanches synthétiques et ses statues de Vierge Marie en plastique. Sur la vitrine, on peut voir inscrits les tarifs attractifs proposés par Carmen : « *Blouching, 19,99 flancs.* » Aujourd'hui, jour de l'été, jour le plus long de l'année, Grosse-Dame s'offre sa permanente semestrielle chez celle qui vit perpétuellement en robe de chambre pour cause de non-adaptation au climat de son pays d'accueil. Depuis le temps que Grosse-Dame attend Boulette, ce phantasme aux yeux fort beaux bien que délavés de tristesse hérités de Mère ; il lui faut bien, parfois, s'accorder une respiration pour s'alléger du poids de cette attente interminable. Elle n'a pu acheter trop de layette et de changes à l'avance, confie-t-elle à Carmen, faute de connaître la taille et le poids de Boulette lorsqu'elle arrivera. Cette date n'est jamais fixée car toujours retardée par les déambulations de Mère, qui n'en fait qu'à sa pauvre jolie tête. Elle aurait pu faire couverture de magazine, si elle n'était pas malade de l'intérieur. Il y a aussi des raisons financières pour repousser ces achats, raisons que Grosse-Dame gardera pour elle. M. Mandoline vient d'obtenir un siège à griffonner de la paperasse confidentielle au ministère de la Défense, mais il est toujours soumis à une période d'essai qui, si elle n'était pas validée, menacerait les plans d'intégration de Boulette et d'acquisition du pavillon convoité. Les finances ne sont pas des plus grassouillettes, ils s'en sortent à peine. Pourront-ils s'offrir un magnétoscope à Noël ? Ces pensées se pèlent et se mêlent dans sa bobèche colonisée par les bigoudis et encastrée dans un casque orange quand M. Mandoline débarque dans les effluves d'ammoniaque de la boutique pour annoncer qu'enfin, Boulette a été capturée.

Grosse-Dame se cogne le front à son casque et se jette dans les bras de son mari comme ce n'est plus permis entre eux depuis des mois, des années. Gênée par cette impulsion soudaine, de surcroît devant cette pipelette de Carmen, elle s'empresse de payer grassement celle-ci et, bigoudis sur la tête, se rue vers l'auto soviétique garée en double file devant la galerie marchande. La proposition d'un couvre-chef pour s'épargner les railleries dans la cité Baudelaire, Grosse-Dame la décline, elle préfère s'arracher la moitié du crâne elle-même sur le chemin de son rêve. Après des mois d'attente, un feu jaillit du bas de sa colonne vertébrale vers le sommet de sa tête, il l'entraîne, la possède tout entière.

Dans sa layette crasseuse et trop petite, apathique, Boulette n'est pas très belle à voir. Pourtant, cette chose qui ne tient pas d'elle-même sur ses deux parties charnues est un miracle pour Grosse-Dame : un bébé à peine sorti d'un ventre et dont elle a désormais la garde et la responsabilité. Après des paperasses obligatoires avec Dame-Sociale, venue spécialement ce samedi midi au vingt-troisième étage de la Tour des enfants perdus, des signatures brouillées par l'excitation et la joie, c'est la tournée des magasins hors de la cité Baudelaire. Des achats de vêtements, de langes que Grosse-Dame peut maintenant essayer directement sur Boulette dont le corps réagit au trop-plein d'attention, phénomène inconnu d'elle jusque-là. Grosse-Dame achète trop, beaucoup trop. Elle ne lésine pas sur la dépense et règle sans ciller le montant exorbitant à la caisse. La paie du ministère de la Défense va tomber et le pécule alloué à ma nouvelle responsabilité sera versé en début de semaine prochaine, se console-t-elle. Depuis le temps qu'elle voulait cette Boulette ! Grosse-Dame improvisera une grande fête à la cité Baudelaire le soir même, pour honorer celle qu'elle rêve de transformer en petite fille modèle. Laquelle, au moment de la transaction bancaire, est prise d'un besoin pressant et couvre d'urine et d'excréments la robe à motif floral de Grosse-Dame, marquant ainsi son territoire.

*

C'est l'été. On transporte Boulette dans l'auto soviétique pour des vacances. Elle rencontre plein de nouvelles personnes, passe de bras en bras et se plaît à ça. Le fromage de chèvre devient son péché de prédilection, elle découvre la bassine jaune pour le bain en plein air, la poussette où elle voit le monde à trois cent soixante degrés, la respiration qu'elle a toujours eu bloquée. Boulette a sept mois, elle ne connaît plus la faim, le froid, ses joues se colorient, elle prend du poids, de la taille. Elle découvre ses bras et ses jambes qu'elle embrasse, la posture verticale en plantant des brindilles dans le sable. Elle imite, applaudit. Elle découvre le rire, la sensation du rire qui la secoue et le plaisir de l'eau. Quand Grosse-Dame porte vers le rivage celle qui ne sait pas encore marcher, ses petites menottes lovées dans les siennes, quand les vagues caressent ses orteils, Boulette fait jouer les articulations de ses genoux et rugit de plaisir comme un petit fauve.

Boulette réagit à l'attention qu'on lui porte. Elle est vivante. Stimulée, elle quitte ses airs de bébé mollasse, fait ses premiers pas, suce ses jouets et ses victuailles d'une bouche gourmande. Elle a l'œil brillant et son regard n'est plus traversé par ces absences inquiétantes.

Boulette est le seul être dont le contact physique ne répugne pas Grosse-Dame. Celle-ci gagne sa vie avec son maternage, elle l'obsède au point de dormir avec elle. S'occuper de Boulette, c'est joindre l'utile à l'agréable puisque son salaire est réinvesti dans la passion qu'elle voue aux arts ménagers. Mais le pécule mensuel versé par la Tour des enfants perdus ne lui suffit pas. Grosse-Dame trafique alors les factures pour que M. Mandoline ne fasse pas le lien avec l'évaporation de ses primes, arbore un sourire de circonstance pour tenir son rôle. Un sourire sain comme son rire franc, cristallin, qui contraste avec son apparence. Sa déformation physique est aussi liée à ses dons de cuisinière dont Boulette et d'autres profitent lors de grandes tablées où elle peut esquiver le face-à-face conjugal. Grosse-Dame joue les prolongations en distribuant des cartes au milieu des restes que les convives évitent du regard sous peine de rendre leur selle d'agneau sur la toile cirée jaune et olive provençale.

Avec tous ces nouveaux objets dont Boulette fait partie, le deux pièces de la cité Baudelaire devient trop petit. Grosse-Dame et M. Mandoline visitent alors des pavillons de ville-dortoir, prennent rendez-vous avec des banques pour savoir à quoi prétendre. Devant les propositions de taux affligeantes, ils ravalent leur grand rêve d'espace et se rabattent sur une maison à deux étages vendue aux enchères pour couvrir les dettes d'une bossue polonaise dans une ville où le réseau express régional va bientôt passer – il suffit de trois changements, quatre couloirs, cent soixante-treize marches pour rejoindre la capitale, question d'habitude. Elle s'occupera de Boulette tandis qu'il se rendra à son travail. Le soir, ils regarderont la télévision achetée à crédit. La façade d'une famille sans histoire, en apparence.

Une mère, ça aime posséder

Que le ciel soit bleu porcelaine, gris souris ou nuit des temps, Mère éprouve une sensation physique d'absence. Pour combler ce manque d'être, elle liquide sa pension d'invalidité dans une montagne de caramels, bonbons et chocolats comme chantait une certaine Italo-Égyptienne qui s'est suicidée. Elle s'empiffre partout, tout le temps, culpabilise, vomit et recommence. Elle mange, se vide, s'emplit, mange et remange… jusqu'à l'étouffement. Cette maigre consolation est aussi la faute des cachets multicolores du Dr Popper qui a dû doubler la dose depuis le placement de Boulette. Son corps léthargique lui devient un poids encore plus inutile, d'autant plus que ses seins flétris, vides de lait, sont ressentis comme aussi futiles que douloureux.

*

Une carte postale écornée où figure un personnage de cartoon hargneux costumé en bagnard, un boulet à la cheville, est le premier signe de vie de Mère à la Tour des enfants perdus : *De retour du beau sud de France, vous est-il loisible de me donner un rendez-vous afin de m'entretenir avec la Boulette dont j'ai accouché il y a un an ?* Après des mois d'absence et de télégrammes restés sans réponse et face à son comportement pas toujours compréhensible, Dame-Sociale décide de lui proposer par courrier une rencontre dans leurs locaux pour l'anniversaire de sa fillette.

Même si Grosse-Dame a confectionné le gâteau poires chocolat que Mère ne peut offrir, cette dernière l'ignore, et se contente de souffler par les nasaux en triturant l'emballage d'une paire de mocassins léopard. Trop petits pour elle, elle les destine à Boulette afin qu'elle marche dans ses pas inaccomplis. Boulette, elle, n'a pas encore remarqué la drôle de dame aux lunettes de soleil surdimensionnées qui rumine sur fond de papier peint géométrique : elle mordille sa girafe en plastique de ses dents naissantes en muguetant son animal de confection chinoise. Grosse-Dame, le sphincter contracté tel un oignon germé, n'est pas très à son aise. Elle aimerait se lever de son gros coussin capitonné pour se rapprocher de la poussette bleu ciel à dentelle partielle, mais elle se retient avec un sourire figé, cherche du regard Dame-Sociale pour une solution efficace à cette situation désagréable quand Mère entre en scène. *Une mère, ça aime posséder !* argumente-t-elle après avoir tenté de s'enfuir avec la poussette.

On installe ce petit monde dans une pièce minuscule où s'entassent peluches d'animaux déformées, joujoux de récup et feutres de couleur aux mines sèches, disposés là à des fins ludiques et propices à la médiation. Essayer d'écarter Grosse-Dame se révèle impossible puisque Boulette pleure dès qu'elle disparaît de son champ de vision. Mère, elle, est très tendue. Elle voudrait ramener Boulette vers elle plutôt qu'à cette foutue girafe. Elle ne supporte pas ses reculades *– cette ingrate n'essaie même pas ses souliers léopard –* et supporte encore moins la présence de Grosse-Dame et la place ubiquitaire qu'elle occupe dans le cœur de celle qu'elle a mise sur cette foutue planète, et aussi cet appétit avec lequel cette petite vache dévore son foutu gâteau d'anniversaire qu'elle s'interdit, elle, de manger. C'est à cause de Boulette qu'elle a grossi ! Tous ces médicaments pour maigrir ! À cause de Boulette que ses gros seins ne rentrent plus dans les bodys et soutiens-gorge d'autrefois, ô sale môme qui ne sait pas se tenir et qu'elle attrape par sa petite crinière de paille jusqu'à ce que Dame-Sociale les sépare avec poigne. Grosse-Dame est soulagée qu'elle ait enfin osé intervenir, l'envie couvait si fort au fond de son ventre. Devant un café de la veille réchauffé, Dr Popper lui a prodigué le conseil de rester en retrait. En revanche, elle n'ose pas asseoir Boulette sur ses cuissots en gelée quand cette dernière tente de se réfugier dans ses jupons champêtres, et se contente de lui confier un foulard en soie imprégné de son odeur familière. Devant son absence d'intérêt pour sa personne, Mère s'occupe alors peu de Boulette. Elle préfère questionner *Demoiselle Marie-Christine* sur ses préférences en matière de plantes vertes et sur ses disponibilités pour un déjeuner en tête à tête au bouffe-express. La visite touchant à sa fin, Dame-Sociale retrousse les manchettes de son blazer et tente un partage de connexion entre les deux parties qui étaient, fut un temps, réunies dans un même corps. De mauvaise grâce, Boulette se laisse approcher par celle qui la prend comme un paquet, qui s'obstine à la serrer contre elle comme on s'acharne sur un vieux citron abandonné dans un réfrigérateur pour en extraire le peu de substance résiduelle. Boulette se débat, change de couleur tel un calamar pris au piège quand le foulard en soie se resserre sur sa trachée, et étant sur le point de pleurer, Dame-Sociale presse Mère de la poser. Les sourcils en révolte, Mère s'offusque du comportement de sa progéniture potelée rampant vers l'usurpatrice qu'elle affuble du nom de Maman : *Je vais lui dire, moi, à Monsieur le juge pour les mioches, qu'une heure par quinzaine ne peut pas concorder avec un rythme psychologique équilibré pour maintenir des rapports. Avez-vous réfléchi en faisant ces rendez-vous, hein ?*

*

La nuit suivant cette visite, Boulette est très agitée, assaillie de cauchemars. Elle voit Mère, recouverte d'une peau de cire dont la substance fondante dégouline sur elle. Elle se réveille en pleurs et crie plusieurs heures de suite. Grosse-Dame s'inquiète et, lorsqu'elle raconte la scène à Dame-Sociale, la mime au bord des larmes et se calme lorsqu'elle décrit l'apaisement de l'enfant dans ses bras. Du berceau au frigo puis du frigo au berceau, elle se traîne comme une esclave, tour à tour apathique et sujette à des accès de fièvre et de folie. Elle s'empiffre partout, tout le temps. Même la nuit, sa faim la réveille. Elle cherche Boulette, s'inquiète de ne pas la voir dans une pièce et la gave de jouets, de layette, de sucreries et de fromage de chèvre. Par mimétisme, le corps de Grosse-Dame s'emplit davantage, et Boulette se sent en sécurité contre ce corps qui refuse de s'abandonner autrement.

Un jour, celui qui s'éclaire à la bougie de l'abstinence exige sa pitance : M. Mandoline, les ailerons à l'affût, sillonne l'appartement jonché de cartons à moitié remplis. Les murs nus gardent les traces des cadres décrochés et il n'a pas le courage d'entreprendre de reboucher les fissures. Il enlace Grosse-Dame avec maladresse, il ne sait plus faire. À son contact, elle tressaille, se défile gentiment et retourne à son tri de torchons. Il n'abdique pas, saisit son poignet. Elle attrape alors le coupe-papier en argent inoxydable reçu en cadeau de mariage, prête à poignarder celui qu'elle considère comme son fléau et qui la maîtrise in extremis sous les yeux muets de Boulette qui, du haut de sa chaise, en oublie son petit pot au caramel.

Monsieur le juge pour les enfants...

« Votre santé est mise en accusation. » Je vous prie de croire la rage que ça me fait, j'en suis hébétée sans pouvoir réagir à une telle croyance. Vous ne me rendrez pas ma fille parce que ce n'est pas une question d'argent mais de moralité et moi, j'estime que j'en ai. Pour ce qui est du fait de savoir si je suis normale ou pas, j'en laisse la responsabilité à ceux qui y voient, mais pour savoir ce que parler veut dire, il faut avoir une langue et moi, je vous le dis tout de go, il faut me rendre Boulette afin de lui éviter un plus grand dévergondage et un plus grand émoi. Suis très heurtée par vos moqueries, à quelle fin utile peut-on vous parler ? Je vous ai demandé d'être indulgent avec moi et hélas, je suis lasse de ces grossièretés. Auriez-vous l'obligeance de me recevoir ? Pouvez-vous faire taire la haine et la jalousie dont je suis l'injuste victime ? »

Ambiance pavillonnaire

À l'occasion de l'arrivée de Boulette, les parents de secours disent adieu à la cité Baudelaire en achetant un pavillon grâce à un crédit à 23,4 %. Ils deviennent résidents d'une ville-dortoir, avec sa mairie en préfabriqués bleu délavé sur plusieurs étages, ses maisonnées vieillottes en briques rouges, aussi modestes et similaires que leurs propriétaires, et ses cités dont les tours grattent le ciel d'ardoise où babèlent et s'entassent de nombreuses familles déracinées. Au marché hebdomadaire, les chariots et les poussettes de ce petit monde s'entrechoquent pour se frayer un passage vers l'étalage le moins cher avec une économie de verbe. Cette ville-dortoir méconnue, ou plutôt dissimulée pour sa pauvreté, connaîtra pourtant son heure médiatique lors d'incidents survenus dans une des cités – incidents qui prendront des dimensions de guerre civile à travers les écrans de télévision. Sous tutelle de l'État, la commune obtient finalement la gratification de « cité la plus pauvre du pays », détail que l'agent immobilier s'est bien gardé de mentionner. Il a préféré vanter les jolies rangées de bégonias de la place principale qui porte le nom d'un peintre symboliste oublié, lui, des dictionnaires. Surplombée d'une sculpture en pierre ogivale, taillée de la main d'un artiste contemporain tout aussi inconnu, cette petite place offre, comme la galerie marchande de la cité Baudelaire, toutes les commodités en plus chic, boucherie chevaline incluse. Depuis le démantèlement de l'usine photographique jouxtant leur pavillon, aucune entreprise n'est venue s'implanter dans la ville et l'enrichir avec des cotisations financières et des embauches. Les gosses peuvent bien aller se rouler dans le terrain vague sans un brin d'herbage ou sur les sols gluants de produits chimiques, qu'importe. Ils s'estiment privilégiés : ils n'habitent pas dans les tours vertigineuses de Monde-Rouge ou de La Belle-Dot, les quartiers parias situés à quelques centaines de mètres de chez eux. Ils vivent en pavillon, 53m^2 sur deux étages composés de pièces en enfilade. Loin d'être un palace certes, mais un pavillon avec jardin tout de même.

À l'étroitesse de cet environnement s'ajoute, par intermittence, une sœur cadette de Grosse-Dame. Tati Rosy qui a un penchant pour tout ce qui brille et fait toc, Grosse-Dame l'a élevée en partie puisqu'après avoir conçu cinq enfants et semé des ardoises dans toutes les épiceries des alentours, leur père, connu des tables de jeu et pour sa façon singulière de tenir sa cigarette entre le majeur et l'annulaire, a disparu sans laisser d'adresse. Âgée de quatorze ans à peine, l'aînée fut réquisitionnée. Grosse-Dame, qui à l'époque n'était ni grosse ni dame, arrêta de prometteuses études pour nourrir, langer, border, repriser les chaussettes passant de pied en pied, servir des victuailles dans des assiettes ébréchées. En guise de bouillon, des pattes de poulets flottaient comme des ectoplasmes. Cette sœur, car elle en était revenue des élégies prometteuses de son mariage avec un mécano, boxeur à ses heures conjugales, c'est bien normal qu'on l'accueille au pavillon avec son œil au beurre noir maquillé derrière une épaisse couche de fond de teint doré et ses deux mioches. Parfois, le mâle délaissé se pointe au portail en fer forgé avec une carabine pour réclamer sa famille, il joue la comédie du petit suicide en prétextant que ses quelques soucis n'ont rien à voir avec la situation actuelle. Grosse-Dame a beau mettre sa cadette en garde, c'est tout sourire sur ses échasses qu'elle repart avec ses lardons sous le bras jusqu'à la prochaine molaire en moins.

Les visites de Tati Rosy, plus ou moins prolongées, confèrent une atmosphère de joyeux désordre au pavillon. Sans oublier les animaux tant affectionnés par Grosse-Dame, qu'elle s'était interdit d'avoir en compagnie jusque-là, faute de place. Lors d'une virée au refuge local de la SPA, elle a sélectionné un berger allemand qui boîte de l'arrière-train et ne peut donc jamais s'asseoir, et deux chats, dont un sublime persan gris aux yeux d'ambre, hélas traumatisé, qui vit caché derrière une armoire normande récupérée sur le trottoir. Cette beauté à longs poils donne bien du travail à Grosse-Dame. Elle vomit sa boule de capillaire quotidienne et surtout, juge approprié de faire ses besoins au pied de l'escalier à la tapisserie marronnasse déjà pas jouasse. L'autre chat est un félin de gouttière à l'air crânc qui semble ne pas comprendre ce qu'il fait au milieu de cette pouillerie et ne se pointe au pavillon que pour recevoir les croquettes qu'il renifle avec mépris. Cette ménagerie ne suffisait pas à Grosse-Dame, elle s'est donc offert une demi-douzaine de poulettes sous prétexte d'aimer les omelettes. Ces fainéantes pondent des œufs un jour sur trois et créent surtout des problèmes en attirant les rats – qu'il faut chasser, ceux-là –, squatteurs du sous-sol, qui font atteindre à Grosse-Dame des sommets d'aigus dignes de ceux d'une cantatrice grecque malheureuse en amour. Elle se séparera des poulettes à regret. Un soir, l'auto soviétique entre en collision avec une vieille chouette aux yeux jaunes qui, blessée à l'aile, atterrit dans l'ancien poulailler envahi de chiendent. Son regard fixe fout une peur bleue à Boulette chaque fois qu'elle accompagne Grosse-Dame sustenter le rapace. Au menu : viande crue administrée à la pince à épiler. Après la corvée, on désinfecte l'instrument qui sert également à déloger les poils noirs du menton de Grosse-Dame.

Excepté l'apparition de cette indésirable pilosité, M. Mandoline a bien du mal à reconnaître le modèle d'origine qu'il a choisi. Les années passant, le tour de taille de sa femme s'est épaissi, n'en déplaise à certains et à lui en particulier, même si reste en elle un vestige de l'ancien temps : ce rire sain qui contraste tant avec son physique. Il est loin le temps où, lors des pauses syndicales, le géomètre s'astiquait de Pento et courait le guilledou au *Club des gourmets* – prononcé « klub » et non « klœb » –, l'épicerie du village montagnard encaissé dans une cuvette de pollution où il travaillait temporairement. Loin le temps du casse-croûte où il lui demandait la boîte de cornichons aigre-doux du haut de l'étagère pour qu'elle monte à l'échelle en ferraille et qu'il puisse contempler ses longues jambes. Après plusieurs rendez-vous ajournés, lors d'un dîner sur toile cirée italo-rétro à *Dolce Vita,* la pizzeria du village, suivi d'une sortie au bowling de la nationale 39 où il se réjouit, à son neuvième lancer de boule, de faire un strike devant elle – à la surprise générale de ses prétendants et de ses rivales –, la belle liane qui déclinait les invitations de parties de campagne et autres bals accepta le contrat de mariage avec le géomètre qui, à l'époque, se douchait quotidiennement et fermait la porte des cabinets quand il y stationnait. La cérémonie eut lieu en hiver, en petit comité. Pour l'occasion, la belle avait loué un voile transparent et une paire de gants blancs, le marié s'était fait tailler la barbe par un professionnel. Il sourit, elle sourit. Il faut sourire pour les photos. Sur le cliché en noir et blanc qui trône au-dessus de la télévision du pavillon, le photographe a notifié en lettres capitales : « *Épreuve non terminée* ».

Sous prétexte des ronflements et des relents de M. Mandoline l'empêchant de dormir, Grosse-Dame instaure la chambre à part au pavillon, elle préfère la compagnie de ses bêtes et le ronronnement hypnotique de la télévision. Même la nuit, quand les étoiles s'allument dans le ciel, l'écran brille pour celle qui rêve les yeux grands fermés. Si quelqu'un tente de récupérer la télécommande cachée sous son oreiller en plumes déformé pour éteindre la neige balayant l'écran, Grosse-Dame ne manque pas de se réveiller. Elle écoute en dormant, proteste-t-elle. Dormir, si l'on veut. En vérité, elle dort par intermittence, en passant d'une chaîne à l'autre, soutenue par des coussins dépareillés comme une vieille reine dingue sur son canapé. Elle dort tout habillée, enrobée de robes à fleurs colorées en matière synthétique qui font l'affaire de jour comme de nuit. Il arrive qu'elle ne mette pas le nez dehors pendant des semaines quand elle est contrariée, notamment par les regards qui se portent sur elle. Si elle a une information à transmettre au premier étage, elle se manifeste du pied de l'escalier en s'appuyant sur le garde-corps branlant car monter les marches, c'est trop pour sa petite santé, sauf pour les visites semestrielles de Dame-Sociale. Pour ces dernières, elle s'entraîne au préalable.

Il arrive de temps à autre que, par commodité, cette télévision allumée jour et nuit, Grosse-Dame en éteigne exceptionnellement le son afin d'entendre la vraie vie des vrais gens parlant pour de vrai en temps réel. Surtout pour M. Mandoline qui commence à se faire sourd. Mais l'image, au grand jamais ! Pour rien au monde, elle ne manquerait une mise à jour du monde. Pas besoin de sortir de chez elle, le monde vient à elle : la Guadeloupe, les coiffes bigoudènes, les remèdes maison contre les verrues plantaires, Nostradamus, l'hibernation des mammifères et à quoi rêvent les *top models*. L'après-midi est invariablement consacré aux séries d'Europe de l'Est suivies par des documentaires animaliers tchèques traitant parallèlement des enjeux atmosphériques de la planète. Et le soir, elle attend le sacro-saint journal avec son homme de compagnie, cantonné au fauteuil et à la diète cacahouètes-anisette pour ne pas manquer d'éventuelles promesses présidentielles. Mais surtout, les programmes à ne pas rater pour Grosse-Dame, ce sont les jeux midinaux de la ménagère. Le lieu enchanté où, dans un temps limité et selon une fourchette de prix tout aussi limitée, des candidats se jettent sur les appareils ménagers de leurs phantasmes nec plus ultra dans une reconstitution de maison modèle où trônent des drôlesses en mini-jupe noire dont le sourire ne remonte jamais jusqu'à leurs châsses. Il leur faut connaître par cœur le prix des articles convoités – la machine à laver douze programmes, le frigidaire monolithe qui fabrique de la glace, la table à repasser, le fer à boucler – et pour cela, en avoir rêvé au préalable. Il y a donc les jeux où l'on rêve et ceux, plus sérieux, où l'on apprend l'intelligence. Celui où deux équipes s'affrontent pour déchiffrer des mots de sept lettres. Fort de son succès, le jeu comptabilisant 6 823 émissions poussera le challenge jusqu'à neuf lettres... *Salut les intellos, on va jouer à un super jeu de réflexion ! Merci d'accueillir Josie et Tom, opposés à Guy et Monique... Trente-cinq secondes pour trouver un mot qui commence par... B.*

« BOUGNAT ! B-O-U...

— Qu'il est nul, c'est trop court BOUGNAT !

— SUPERFLUE. S-U-P-E-R...

— Ah, te voilà ? F-L-U-E.

— Je ne mange pas là ce soir.

— Chut, j'entends plus la télé.

— MO-MO-MOTUS !

— Qu'est-ce que je voulais te dire, déjà ? Ah oui ! Côtes de porc ce soir ? »

Une page de publicité à présent : « Grâce à la nouvelle crème Lividinal, j'ai retrouvé le goût du plaisir matrimonial... »

Sans être au fait de la chambre à part et de la place centrale de la télévision, Dame-Sociale s'inquiète surtout de voir Grosse-Dame enfler à vue d'œil, comme si l'arrivée de Boulette lui faisait vivre une grossesse par procuration, sans terme. Elle a beau parader dans ses robes à motif floral qui cachent un tant soit peu sa disgrâce, cette chair molle et lasse du menton qui s'écrase sur son col, cette injure au passé ne ment pas. Heureusement, elle a toujours une jolie boîte de pastilles à la lavande à dégainer d'une des multiples poches de son volumineux sac à main en nylon afin que son haleine fraîche fasse diversion. Elle n'a pas coutume d'aller chez le médecin, elle n'aime pas ça. Si elle a du souci à se faire de ce côté-là, elle ne le sait pas et ne veut pas le savoir, même si elle se doute que ses accélérations cardiaques qui détalent au galop comme des cavaliers dans la nuit ne sont pas très bon signe. Lorsqu'elle doit se soumettre à des examens médicaux pour conserver son habilitation de nourrice, elle subtilise un peu d'urine dans le pot de Boulette ou en réclame à Tati Rosy contre hébergement temporaire.

Heureusement, Dame-Sociale visite rarement le pavillon et quand c'est le cas, elle prévient à l'avance. On a donc le temps de faire comme s'il y avait une chambre conjugale avec un lit deux places et deux tables de nuit. On y dispose des *Reader's Digest* dont la tranche est intacte parce qu'ils n'ont jamais été ouverts. On aère plusieurs jours à l'avance pour en faire disparaître l'odeur de cigarettes et de mauvais sommeil incrustée dans la moquette bleu ciel qui tapisse le sol et les murs. Puis, on fait de même pour la chambre de Boulette, on retape le petit plume et sa couette blanche imprimée de poussins joyeux dans une prairie, on époussette les nombreux joujoux et la dînette de parfaite ménagère pour imiter Grosse-Dame, on expose les livres de contes pour lui raconter des histoires, le soir. On intervertit les lits des hébergés temporaires et on planque ces coussins aussi disgracieux que les matelas tachés d'humidité sur lesquels ils sont accueillis en attendant que leur mère retrouve un travail. On emploiera Tati Rosy pour un ménage de fond, avant qu'elle n'aille faire un tour au sous-sol avec ses mioches le temps de la visite. Ils pourront ainsi vérifier les dates de péremption des nombreuses conserves de flageolets et de briques de soupe achetées par Grosse-Dame en cas de drame national. On dira que la caravane du jardin sert pour les vacances d'été et non de résidence secondaire à la petite sœur de Grosse-Dame. Espérons que Dame-Sociale ne se risque pas à en ouvrir la porte car elle y découvrirait son attirail de fards à paupières et de chaussures à talons. Qu'elle ne regarde pas de trop près la cour et les dépendances où s'entassent vieilleries et ferrailleries affectionnées par M. Mandoline, qui espère vainement leur donner une seconde vie faute d'assouvir sa libido. La maîtresse de maison invitera plutôt la visiteuse à contempler le cerisier du jardin qui a fait naître chez elle une vocation pour la confection de clafoutis. Elles iront ensuite s'asseoir à la table de la salle à manger recouverte de la plus belle nappe en dentelle ajourée du trousseau de Grosse-Dame. Celle-ci servira à Dame-Sociale une généreuse part de gâteau afin d'éviter trop de questions, notamment celles concernant son abstinence de grossesse. Surprise qu'elle vienne la chercher sur ce terrain-là, Grosse-Dame évoquera des motifs médicaux sans préciser toutefois lesquels, impatiente de rallumer la télévision dès que la curieuse passera la porte.

La Tour des enfants perdus

Elle dit qu'elle vient, mais ne se présente pas, ne précise pas où elle est, ce qu'elle fait, combien de temps elle sera absente, souffrante, en vacances. Quand on lui demande de bien vouloir signer des autorisations ou des feuilles de soins relatives à Boulette, Mère s'y refuse catégoriquement, dans la mesure où elle ne perçoit pas les prestations sociales. Toutefois, cela lui permet de rebondir par cartes postales désuètes de la capitale au fil de l'eau ou d'un épagneul breton à langue pendante, évoquant là d'une écriture dantesque au stylo Bic vert ses dernières nées dont elle peut attester sur l'honneur : trois boulettes de cinq ans qu'elle a vues dans la Renault 4L blanche de Dame-Sociale. À ce sujet, elle réclame ses primes de grossesse. Elle n'a pas fait de déclaration à leur naissance pour ne pas qu'on les lui retire, voyez-vous ?

Et puis un matin frisquet de mars, sans rendez-vous, la voilà qui débarque en claudiquant sur des talons jaune canari de douze centimètres à la Tour des enfants perdus en attitude verbo-motrice agitée, ses cheveux artificiels taillés au rasoir. Un talon coincé dans le jour d'une plaque d'égout, son imperméable rouge à petits pois inapproprié pour la saison plaqué contre elle pour se protéger du blizzard et des malveillants regards, l'ascenseur grand format aux relents de pissotière durant vingt-trois étages… Tant d'épreuves sur son chemin ! Si bien qu'elle snobe Dame-Secrétaire à l'accueil qui suspend son entretien téléphonique, surprise de voir celle qu'elle n'a pas vue figurer au planning depuis des mois, pour lui demander de patienter gentiment dans la salle d'attente. Mère souffle d'un air mauvais, elle reste deux minutes à marmonner en se balançant sur la banquette bleue craquelée, dérobe un cendrier artisanal qui détonne au milieu du décor de récup, des magazines de développement personnel et de bricolage datés, des dessins maladroits d'enfants collés de travers sur les murs. Et cette foutue tapisserie géométrique qui lui donne le vertige !

Boulette n'a pas dû être malade puisqu'elle ne touche pas de sécurité sociale, dit-elle en ouvrant grand la porte du bureau de Dame-Sociale sans avoir frappé au préalable, façon justicière. Elle se dirige d'un pas déterminé vers l'écritoire fouillasson avec ses paperasses à la traîne qui dérapent de leurs chemises colorées et prend siège sans y avoir été invitée : « *Vous comprenez, Dame Marie-Christine, je suis la maman.* » Dame-Sociale interrompt la lettre qu'elle tapait et sourit à Dame-Secrétaire à l'entrée du bureau qui bafouille des excuses. Elle a compris, elle s'éclipse, soulagée que cet incident ne soit pas une gaffe de sa part qui remettrait en cause son contrat à durée déterminée. Dame-Sociale se cale dans son large fauteuil pour considérer la malvenue dont le regard glisse sur un papier de jugement avec une curiosité de pie qui l'agace. Elle est convaincue de sa maternité, dit-elle en rangeant le document dans une pochette, et, à ce titre, Mère doit rencontrer Boulette bien qu'elle ne se manifeste plus depuis longtemps. Si elle touche une prime familiale de l'État, il n'est pas question de lui reverser les remboursements maladie de Boulette. La loi existe. Il y a de l'ordre et sa Boulette va bien. La contenance initiale de Mère a disparu. Le regard de Dame-Sociale lui pèse, le sien, elle le promène de gauche à droite comme si elle ne savait plus ce qu'elle faisait là puis tout à coup, elle relève la tête comme un pantin de foire. Est-ce qu'elle peut voir sa Boulette demain ? Elle se sent motivée pour l'aimer, il faut la croire. Elle a été dans une situation difficile où la solitude est devenue malveillante conseillère, mais pendant ce temps, une maman de secours était là pour entourer Boulette d'amour et d'amis comme les autres. Il est bon d'avoir une vie normale où une maman de secours fait la potée et où un mari rentre le soir. Oh, tant d'amour a toujours plané au-dessus de sa petite tête, n'est-ce pas ? Donc demain, une grande journée avec Boulette de dix heures à dix-huit heures, mais pas au-delà. Une fille qui se promène seule la nuit sur le trottoir, ce n'est pas prudent. Elles iront au bouffe-express pour cinquante francs, au jardin du Luxembourg, puis au cinéma voir *Les Schtroumpfs, La Flûte enchantée* et *Les Bisounours.* Elle veut sa Boulette, sortir avec elle, s'éclater au centre commercial, lui faire partager sa vie, ses joies, ses peines tandis qu'elle la protégera de ses voisins vivant dans l'immoralité. Hélas, impossible d'accéder à son désir dans l'immédiat. Boulette est partie en vacances avec Grosse-Dame, apprend-elle de Dame-Sociale qui la coupe brutalement. Pas de visite avant la rentrée scolaire et la prochaine aura lieu à la Tour des enfants perdus. D'ailleurs, sait-elle que Boulette est entrée à l'école élémentaire ?

*

La rentrée des classes a lieu, Mère vient de l'entendre à la télévision. Heureusement qu'elle ne s'est pas fiée à son mini agenda rose offert par Pop' Secours à Noël : les trois zones s'y confondent. Aussi, à cette rencontre à la Tour des enfants perdus, elle se montre très préoccupée par le suivi scolaire de Boulette. Assise, très digne, à la table recouverte d'une nappe villageoise rouge et blanche, elle veut faire une dictée et des opérations à sa progéniture alors qu'elle décrypte à peine l'alphabet. Malgré son excès de prévenance, elle est calme et détendue en apparence. Sa présentation vestimentaire surprend. Anormalement coquette, elle a délaissé ses échasses pour des mocassins beiges confortables, elle porte une jupe bleu ciel à sa taille qui a l'air, somme toute, propre, un coloriage assorti à sa tenue presque discret sur les paupières. On la dirait transformée. Mais le vent ne tarde pas à tourner quand, après les travaux d'éducation forcés, elle insiste sur l'allure de Boulette. Sans vouloir emmerder personne, elle ne la trouve pas très gaie et surtout, elle la juge trop changée. Elle aimerait qu'on lui coupe les cheveux et qu'on lui remette, une fois élaguée, cette horrible queue-de-cheval pour la garder en souvenir. *Quant à ses yeux bleus, il faudrait veiller à ce que la teinte ne vire pas trop au vert. Cette couleur porte malheur. Elle est un peu obèse, non ? Tu dois suivre un régime spécial, Boulette. Je te pèserai à la pharmacie du centre commercial après t'avoir payé une religieuse au café sur ma pension.*

Il est vrai que depuis le début de la visite, Boulette n'est pas très gaie. Réfugiée dans un coin de la pièce où elle entasse une pyramide de cubes multicolores aux angles écaillés, elle bouge au ralenti et le peu qu'elle dise, c'est par monosyllabes, les doigts fourrés dans la bouche. En fait, Boulette ne comprend pas qui est cette femme qui lui offre une eau de toilette miniature ainsi qu'une montre carrée surdimensionnée pour son poignet. Celle qui la supplie de les porter et surtout de ne pas casser la montre de la parfumeuse ! Et puis elle a apporté deux énormes gâteaux chocolat banane avec une étiquette : « Deux pour le prix d'un ! » *Cela fait vraiment ambiance familiale, n'est-ce pas ?* Elle veut prendre une photo, mais son appareil jetable tombe en panne. Elle rit comme une petite fille en remontant le mécanisme qui tourne à vide, elle est très gaie, pour ne pas dire euphorique quand elle n'accapare pas Dame-Sociale : *Mais restez là, ma bonne dame, mangez du choco banane, je vous invite à vous mêler à un toast. Chère Marie-Christine, que pensez-vous de mon rose à ongles ? Et qu'en est-il du deuxième certificat scolaire de la mioche ? J'en ai besoin pour pens...* Un écoulement suspect se fait entendre. *En plus d'être obèse, elle n'est pas propre !* s'offusque-t-elle en constatant la flaque d'urine qui rigole sur le linoléum moutarde aux pieds de Boulette. *Grosse-Dame n'en fout pas une, question éducation. Il est vraiment grand temps que je la récupère !*

Le soir, Boulette ne sait plus se servir d'une fourchette. Elle est trop longue à manger, dévore en quantité, se remet à table après en être sortie, réclame des petits pois fluorescents qu'elle planque dans ses poches de pyjama, refuse d'aller se coucher et marque son angoisse sur son plume à canards joyeux. *Est-ce que la drôle de dame va me récupérer ?* Pour éviter qu'elle s'emmêle dans les noms puisqu'il faut appeler Mère « Maman » quand elle la voit, Grosse-Dame la dépose à la Tour des enfants perdus. Elle va voir les promotions sur la poiscaille du lac Victoria au centre commercial BB-II armée d'un sac isothermique le temps de la visite entre Boulette et celle qui veut toujours tout savoir à défaut d'être polie. *Madame la nourrice, vous portiez mieux cette robe jaune mimosa autrefois. Êtes-vous enceinte ?* Elle est une jeune dame élégante et mûre, pas mal éduquée et qui a besoin d'être tenue informée. Entre deux visites, Boulette ne réclame pas celle qui lui envoie des missives incompréhensibles où elle parle d'enfance déchirée, de souvenirs trop rares, et de la douleur d'une mère. Quand le jour de la visite arrive, Boulette rechigne à enfiler sa doudoune framboise qui lui donne la dégaine d'un pot de yaourt, prend prétexte d'aller aux cabinets pour manquer l'autobus qui passe une fois par heure sur la place du peintre inconnu des dictionnaires.

*

Puis-je me permettre de vous souhaiter une belle année ? J'espère qu'elle vous apportera du bonheur, de la santé et pas trop de crises de foie. Si je vous écris, ce n'est pas uniquement par politesse et pour me débarrasser d'une corvée, c'est aussi pour vous ordonner un radoucissement à mon égard : le repas d'anniversaire du petit Jésus doit durer au moins trois heures et demie. Une heure, c'est toujours en courant qu'on se voit, et là, il y aura du temps perdu avec la préparation, le réchauffement des plats, le couvert à mettre puis le repas proprement dit, les cadeaux et la vaisselle. Vous devez m'accorder deux heures et demie minimum. Je vous assure que c'est très peu.

Comptant sur votre obligeance et votre compréhension la meilleure.

PS : Vous mangerez avec nous, hein ? Je vous offrirai une petite surprise si je peux.

La durée de la visite n'est pas augmentée et le temps reste aussi long et contraignant que le poids abject sur l'estomac de Boulette. Elle a envie de fuir, de déployer son corps infectement rempli tandis que celle qu'elle doit assimiler comme sa mère félicite Dame-Sociale pour sa lettre tout à fait convenable aux allocations familiales, ses talents d'écrivain ayant permis le rappel de sa prime. Elle ne la croit pas bête, point de phrases trop emphatiques. Elle loue le plaisir d'avoir pu acheter de la viande rouge et l'odorante savonnette *Jour magique* offerte à Boulette, celui d'aller au spectacle et de faire le point sur sa situation, la conscience au repos dans sa grande satisfaction d'avoir réussi quand, sous menace de renvoyer sa croquette de dindonneau et ses fruits rouges à moitié décongelés sur la nappe villageoise, Boulette réclame d'aller au toboggan en bas de la Tour des enfants perdus. Malgré ses réticences concernant les sorties, Dame-Sociale voit en cette requête spontanée l'occasion de faire un essai. Elle les accompagnera, bien entendu.

Très vite, Mère semble embarrassée, ne sachant comment se comporter. Elle paraît abattue, désorientée. Elle tente de rester près du toboggan branlant d'où elle anticipe chaque mouvement de Boulette, criant qu'elle est très violente pour son âge. Tout le monde la regarde, les enfants, les mamans à joli corsage qui interrompent leur conversation régime, tous sauf Boulette qui fait semblant de ne pas la voir, si bien que Mère va s'asseoir à l'écart sur un banc devant le bac à sable où traîne une chaussette orpheline. Capuche sur la tête, Mère guette derrière ses lunettes de soleil en écailles de tortue comme si quelqu'un l'épiait. Puis tout à coup, elle ramasse ses nombreux sacs en plastique usés et annonce son départ. Elle aimerait un baiser, murmure-t-elle en avançant ses lèvres ourlées de rose.

« *Boulette…* » Boulette ne répond pas. « *Boulette !* » Sur ordre de Dame-Sociale, Boulette fait un vague signe de main à Mère qui s'éloigne avec son chargement ballant et son air coupable.

Une affaire de haute importance

Chère et sincère Marie-Christine de la Tour des enfants perdus,

Je suis mère de Boulette dont je convoite (réclame) la mise en garde à mon domicile (demande en cours). À votre bureau, je veux bien passer, désirez-vous me parler ? J'ai une autre affaire d'importance à vous entretenir.

Voici ce dont il s'agit : je vous propose de faire une permanence en tant que Dame-Sociale pour l'association, gratuitement.

En cas de réponse affirmative, donnez-moi rendez-vous. Ma formation se poursuit bien sûr et j'aime beaucoup les enfants et les locaux (sauf la tapisserie géométrique).

Mes salutations les plus distinguées (professionnellement s'entend).

Normalitude

Boulette semble normale. L'apprentissage de la lecture s'est fait facilement, il a même été précoce. Son intérêt pour les illustrés, c'est aussi une échappatoire aux visites à Mère. Cependant, son attitude laisse à désirer. Peu attentive, elle donne souvent l'impression de planer ou de s'entretenir avec une réalité abstraite. Grande pour son âge, elle est tout de même un peu trop large et manque de tonus. La gymnastique, ce n'est pas son truc. Dans l'espoir de remédier à son problématique tour de taille, Grosse-Dame l'inscrit à une leçon hebdomadaire de natation à la piscine municipale. Elle aime ça Boulette, mais elle a horriblement horreur de sortir du vestiaire dans ce maillot de bain noir avec des ananas et des poires fluorescents étriqué et qu'on la voie passer sous la douche mixte obligatoire où elle fixe le carrelage blanc aux joints irréguliers pour éviter les regards. Et que ça pouffe et que ça ricane tandis qu'elle traverse le crasse pédiluve qui mène au bassin, sa serviette rêche à la main. Horreur des compétitions pour des médailles en toc où elle arrive toujours dernière. Ce qui la bouffit de bien-être, c'est flotter, se laisser porter par l'élément puis descendre dans les profondeurs, là où nul autre n'entre en interaction avec elle. Boulette tient mal en l'air, elle regarde les autres aller, venir et s'imagine faire leurs mouvements. Elle projette, son corps aimerait être autrement. Hélas, il ne sait pas faire. Elle reprend alors un chou à la crème pour conforter ses grosses fesses sur sa chaise.

Quand son désir n'est pas satisfait, elle boude et rechigne à faire ce qu'on lui demande. Elle a aussi des comportements qui laissent perplexe, comme le jour où on l'a trouvée tout habillée dans la baignoire pleine, ses vêtements flottant à la surface comme une montgolfière tombée dans la mer. Si encore elle était en joie, riait et éclaboussait à tout-va le carrelage bleu passé avec un petit canard en plastique... Grosse-Dame l'a trouvée assise, prostrée, les genoux ramenés contre sa poitrine, les yeux ouverts sans rien voir devant elle telle une poupée de cire. Quant à l'épisode où elle a arraché les cils de son baigneur à fossettes, d'où Boulette a-t-elle eu cette idée saugrenue ? Quand on l'a interrogée, elle n'a rien répondu. Boulette devrait-elle voir Dr Popper comme Mère qui lui envoie des lettres n'importe quoi ou des pizzas Regina arrivées en triste état dans la boîte à emmerdes ? Grosse-Dame cache beaucoup de choses et craint que Boulette n'en raconte trop, comme sa chute vertigineuse dans l'escalier du sous-sol, trois cartons de lasagnes surgelées à la main, son alliance impossible à retirer de son annulaire engoncé. Grosse-Dame avait préféré soigner son pied violacé, immobilisée à l'horizontale sur le canapé, plutôt que de consulter un médecin, de peur qu'il ne s'aventure à d'autres examens sur sa personne. Certains des comportements de Boulette la blessent, comme lorsqu'elle refuse de boire dans son Duralex sous prétexte que l'on ne boit pas dans celui d'un étranger. Parfois, seule dans sa chambre, Boulette regarde par la fenêtre, planquée derrière le rideau en dentelle où une colombe couve ses petits, elle espère que ses parents de secours ne rentreront pas du supermarché. S'ils mouraient, elle pourrait enfin pleurer pour de bon.

*

Pour une fois, Boulette agite sa graisse. Elle court dans le terrain vague de l'usine photographique, elle évite les restes de salade flétrie, le gilet de flanelle troué, les pièces détachées d'appareils ménagers qui s'accumulent sur cette terre en friche où plus un brin d'herbe ne pousse. Elle sait qu'elle n'a pas le droit de venir ici, mais ce soir-là lorsqu'elle rentre de l'école, des miaulements lui bourrichonnent le crâne. Au pied du platane fatigué qui survit au milieu des effrayants déchets de la consommation reine, elle trouve trois chatons abandonnés. Elle s'affale sur ses cuissettes et les prend tour à tour dans ses petites mains moites quand une grosse chatte isabelle à mamelles pendantes surgit devant elle, le dos rond, les dents découvertes, elle attrape l'un des chatons avec sa mâchoire et s'enfuit. Coupable Boulette devant les deux autres piaulards laissés là, elle les cale dans ses bras pour les ramener au pavillon. Grosse-Dame la garde bien sous son toit, elle les accueillera eux aussi avec les autres bêtes, mais quand celle-ci lève la tête de ses factures mensuelles et voit les boules de poil aveugles débordant de ses bras, elle lui ordonne d'aller les remettre immédiatement à leur place. Boulette a beau supplier, éclater en larmes à s'en dégrafer les châsses, Grosse-Dame met Boulette à la porte avec les chatons dans une boîte à chaussures.

Pendant la nuit, vient l'orage. Ça trembloche la baraque, le sapin devant la fenêtre, ça braille dans la tête de Boulette qui se tourne et se retourne comme une grosse crêpe dans son plume. Le toit va s'envoler, les chatons avec, c'est sa faute, le ciel se venge, ils vont mourir à cause d'elle ! Boulette se lève d'un bond et cavale en pyjama sous la pluie torrentielle jusqu'au terrain vague où elle retrouve les chatons à demi noyés dans la boîte à chaussures en lambeaux. Elle les ramène de nouveau au pavillon, dégoulinante de pluie, elle implore Grosse-Dame de les sauver en avalant du nez, par pitié ! Grosse-Dame râle de fatigue en se soulevant de son canapé, elle enfile ses pantoufles molletonnées à tête de panda, elle abdique. Boulette les réchauffe doucement au sèche-cheveux, masse leur petit ventre gonflé d'eau. Ils vomissent, poussent des miaulements pitoyables en donnant des coups de pattes dans le vide à la recherche de leur mère. Puis ils dorment comme des bûches, blottis contre une bouillotte dans la panière qui deviendra la leur. Pendant plusieurs jours, Boulette les nourrit à la seringue, un filet de lait gicle sur les cerises brodées de son chemisier, elle a envie de pleurer sans comprendre pourquoi. Les chatons grandissent mais restent minuscules, ils se frottent, se collent à elle et tètent sans cesse. Ils bavent allègrement, enfoncent leurs griffes et leurs dents acérées dans sa peau, leurs gueules avides toujours en demande. Quand, quelques mois plus tard, jeune adulte, le frère monte sur sa sœur qui miaule depuis des heures, Grosse-Dame le chasse à coups de balai. *Qu'est-ce qu'il a fait ?* demande Boulette. Grosse-Dame change de sujet.

*

Boulette adore l'odeur de l'encre violette. Quand le papier sort tout chaud de la machine à reproduire, elle s'enivre du doux parfum d'alcool qui embaume l'atmosphère de la classe à grandes fenêtres en arc, rafistolées au Scotch par endroits. Elle aime aussi le petit pot de colle rond avec une baguette orange au centre, son goût d'amande qui fond sur le palais. Pourquoi Grosse-Dame doit-elle en racheter si souvent ? *Tu la manges ou quoi ?* Évidemment, Boulette n'a pas l'idée de lui cacher ça. C'est la fille aux dents écartées qui le lui a appris, celle qui vit chez ses vieux parents au bout de la rue et raconte des histoires de fesses bizarres auxquelles Boulette ne comprend pas grand- chose, mais qu'elle se garde bien de dire à Grosse-Dame.

Boulette est maintenant dans la classe qui précède l'entrée au collège. Mis à part en calcul mental et en géométrie qui lui donnent encore plus un air d'ailleurs, elle a toujours eu des notes acceptables, surtout avec Dame Broca, la grande dame longiligne à la coupe au carré masquant son œil droit, aux robes noires et à la voix grave racontant la poésie et les étoiles. Mais cette année, Maîtresse-aux-cheveux-de-feu avec ses racines blanchâtres à chaque fin de mois n'éprouve pas grande sympathie pour elle. *Où as-tu vu que les arbres étaient roses ?* s'exclame Dame Jonas devant le dessin de Boulette qui ramasse une très mauvaise note. Têtue, Boulette soutient que l'arbre du voisin est rose par moments, pas toute l'année, mais parfois. Dame Jonas donne un coup de règle sur son vieux bureau et l'envoie au coin pour méditer à sa bêtardise. Boulette retient ses larmes. Sans savoir pourquoi, elle pense à Mère traînant ses sacs.

Elle n'aime pas l'école, mais Grosse-Dame répète qu'il faut y aller et obtenir de bonnes notes pour avoir un vrai métier. Cette année, ce n'est pas le cas. Comme la fausse rouquine sur son estrade passe son temps à lui dire qu'elle fait n'importe quoi, raconte n'importe quoi, Boulette n'écoute pas et ne fait pas. Au fil des mois, elle se rapproche du fond de la classe où elle regarde les fissures et les toiles d'araignée au plafond au lieu de se concentrer sur les tables de multiplication au tableau verdâtre. Cette dinde en bas résille et talons bobine est une véritable saleté. L'autre jour, elle lui a interdit d'aller aux toilettes, si bien qu'une flaque d'urine a entouré son pupitre qu'elle taillade avec la mine de son compas pour passer ses nerfs. Oh, Dame Jonas l'a moquée devant toute la classe qui pouffait et l'a privée d'assister à la séance de cinéma dans le préau de l'école, le lendemain. Boulette a voulu se révolter, mais elle a fini tête baissée dans le couloir parce qu'elle sentait le poney, a dit la maîtresse. Pour se venger, elle a fait les poches des manteaux et s'est octroyé un caramel. Quand Grosse-Dame est venue lui remettre du linge propre et la nettoyer au lavabo collectif avec ses poires de savon graisseux, Boulette lui a rapporté l'affaire. Grosse-Dame s'est révoltée et a tenu tête à Dame Jonas dont la tenue trop femelle à son goût l'encouragea à défendre Boulette. Ce n'était pas sa faute mais la sienne. Boulette a alors pu voir, comme tous les autres, l'histoire filmée du petit garçon clochard recueilli par un papa de secours en costume trop grand. Boulette n'a pas regretté, elle a même pleuré à certains moments.

Pas dégourdie avec sa couenne, Boulette en profite parfois pour échapper aux leçons, elle joue la comédie de la cheville tordue pendant la récréation pour rentrer au pavillon. Dame Jonas, trop contente de s'en débarrasser, la stocke à l'infirmerie en attendant l'arrivée de Grosse-Dame. Boulette tient bien son rôle de malade imaginaire pendant que l'infirmière à ongles soignés essaie de lui retirer méthodiquement le collant en laine qu'elle porte depuis une semaine. La mine grave, elle se prélasse sur la banquette sous un drap effiloché puis s'appuie contre la large hanche de Grosse-Dame en claudiquant sur le chemin de l'autobus. *Mais... Boulette, tu boitais de la jambe droite tout à l'heure ?* Boulette s'est trompée, elle a été démasquée et se fait gronder.

Malgré sa mauvaise entente avec qui l'on sait, Boulette n'est pas dispensée d'école. Placée désormais au fond de la classe, elle remue les mâchoires en imaginant tout plein de choses pour punir sa tortionnaire scolaire. Quand on partira en classe de neige, elle va voir, elle va la jeter du haut de la montagne, cette sorcière ! Elle dit ça dans sa tête, Boulette, n'empêche, elle a peur de partir en classe de neige pendant une semaine. La veille du départ, elle se fait engueuler par Grosse-Dame qui en a marre de gravir l'escalier en se tenant à la rampe pour changer ses draps une troisième fois.

Dame Jonas a recolorié ses racines et fait sa belle moue incarnate avec ses grandes lunettes de soleil sur fond blanc. Elle fait du charme au moniteur à barbe et Boulette, au milieu, est vraiment ridicule avec sa tenue de ski achetée in extremis en soldes. Il n'y en avait plus de noire en réserve, elle a dû s'accommoder d'une blanche et ressemble à un gros bonhomme de neige suffoquant. *Croise !* hurle l'expert barbu excédé par son manque de dextérité. Incapable de freiner, Boulette se ramasse sur la neige mouillée. *Arrête ta comédie Boulette, lève-toi et rechausse !* Boulette morve et chocotte des canines en se redressant sur ses mikados tremblants. Elle a mal, pas tout le temps, comme l'arbre qui fleurit rose par moments. Elle trouve absurde ce sport où elle ne fait que tomber, tout cet équipement contraignant, ces allées et venues sans but si ce n'est de se viander. Elle n'est déjà pas dégourdie avec son corps qui se transforme et qui lui échappe. Cela pourrait avoir de bons côtés pour ses grosses fesses rougies par le froid, mais Dieu, quelle empotée ! Si elle veut imiter les autres, elle ne fait que tomber et Dame Jonas se moque d'elle. Au dîner pris dans le réfectoire traversé de courants d'air, elle lui interdit de se resservir du fromage coulant aux pommes de terre. *Tu as de jolis yeux Boulette, si seulement ils n'étaient pas cachés par toute cette graisse.* Et toute la classe rit de la bonne blague de celle qui agite sa folle crinière. Boulette baisse la tête vers son assiette qu'elle hésite à lécher.

La nuit, impossible de trouver le sommeil. Il suffit d'un tout petit mouvement pour qu'une décharge électrique se déclenche dans son poignet. Boulette, papier mâché dans le fond de son lit, refuse de se lever dans le petit matin blafard pour aller encore se vautrer sur la poudreuse, y en a marre ! « *Bon débarras !* », on la laisse là. Boulette passe la journée à errer en pyjama dans le dortoir mal chauffé avec ses vilains cadres de paysages du coin aux murs qui la menacent, privée de manger et de boire si ce n'est l'eau du lavabo des toilettes. D'un lit à l'autre, d'une paire de chaussons à une autre, elle fouille encore dans les poches des manteaux accrochés dans le couloir au lambris vieillot, sans rien y trouver. Son bras gonfle, rougit comme un coquelicot sauvage. Cela ne doit pas être très normal. Ça lui rappelle la cheville violette de Grosse-Dame allongée sur le canapé en attendant que ça passe. Quand Dame Jonas trouve Boulette au lit dans une pâle imitation de Grosse-Dame, son bras surdimensionné pendant de son corps comme une vulgaire moufle, elle reste silencieuse, ce qui est étonnamment rare pour celle qui réplique sèchement dès qu'il est question de Boulette. Elles prennent l'autocar pour se rendre à l'hôpital situé à plusieurs kilomètres, Boulette regarde la nuit couchée sur les étendues blanches désertes, la sorcière ferme toujours son clapet en arrachant les petites peaux autour de ses ongles rouges écaillés. Un petit os en forme de demi-lune est cassé dans le poignet de Boulette, indiquent les radios. On l'enserre dans une résine bleue, qui la dispense de vautrage sur la neige pour le reste de la semaine.

Date de renvoi à l'expéditeur

Un soir, après le dîner, Grosse-Dame présente une photographie à Boulette. Sur la photo, un petit garçon aux cheveux noir de jais vêtu d'une chemise hawaïenne trop grande pour lui.

— *Il te plaît ?*

Boulette oublie cette image comme celle du mariage qui désormais ne trône plus au-dessus de la télévision. Grosse-Dame l'a rangée dans un tiroir et l'a remplacée par un tableau de Vierge à l'Enfant tissée au canevas. Boulette a d'autres choses en tête. Ce qui l'excite ? Son entrée au collège. Passer d'une matière à l'autre, d'un professeur à l'autre tout en essuyant les écueils de certains jours barrés d'une croix rouge. Quand la chose est arrivée, Boulette, du haut de ses onze ans moins un mois, a fait un vague lien avec une publicité à la télévision où une femme vante les mérites d'une serviette en coton pour absorber un liquide bleu presque transparent. Pourquoi le sien était-il rouge foncé ? *Dépêche-toi*, cria Grosse-Dame derrière la porte des toilettes. Ne sachant que faire avec ces rigoles violacées, Boulette bâillonna de papier toilette champêtre son entrejambe dévasté. Quelques jours plus tard, Grosse-Dame l'informa tout en débarrassant le lave-vaisselle qu'une chose dans le placard des toilettes pourrait lui être utile, sans lui en délivrer le mode d'emploi. Heureusement, Boulette assiste à des leçons collégiales à ce propos où toute la classe ricane devant, d'abord, les couches et les ogives en coton pour les filles, ensuite, devant les petits ballons transparents pour les garçons, destinés à se protéger de maladies honteuses, et que l'on déroule, eux, sur des imitations de phallus bariolés en plastique. À force d'expérience et de ces leçons à propos du devenir femme, Boulette se démène un peu mieux avec la chose. Bien qu'elle répugne à se laver et s'accommode à sa muselière poitrinaire si besoin est, quand la serviette en coton ne remplit plus sa fonction faute d'avoir été changée à temps, elle s'enferme dans la salle de bains et frictionne ses culottes au savon de Marseille pour effacer les traces criminelles. Le sang gicle sur le carrelage, le miroir constellé de taches de dentifrice, les gants de toilette humides à fleurs printanières qui sèchent sur l'évier tandis que Grosse-Dame s'impatiente et crie de l'autre côté de la porte : *Tu vas salir le miroir à force de te regarder !*

Si, à l'école élémentaire, Boulette a été préservée d'un trop-plein d'agitation, le tsunami collégial lui donne goût aux expériences inédites. Pour officier dans cet établissement où se rassemblent toutes les ethnies et leurs guerres ancestrales, mieux vaut avoir la vocation christique. Rares sont les pions capables de dompter les neuf cent cinquante-trois fauves en survêtement dans ces préfabriqués bordés d'un camp de gitans et d'affiches à moitié déchirées où figurent des femmes dénudées, exhibant un rouge à lèvres criard « 3615 ULLA ». Rares sont les maîtres qui parviennent à faire réciter un poème à un élève et à garder leur sang-froid quand celui-ci réclame un 2/20 pour en avoir dit le titre soufflé par ses camarades. Le jour de la rentrée, Boulette a lu, sur les murs des sanibroyeurs, un mot tracé d'une main experte à la matière fécale : MERDE. Pour se décharger de son fardeau, mieux vaut attendre le retour au pavillon.

Assise à la table de la salle à manger du pavillon devant un insoluble problème de mathématiques, Boulette entend, parfois, des bribes de conversation au sujet de *la place, du manque de place, qu'il va falloir se serrer, intervertir les chambres, acheter un lit à deux étages et jeter ces foutus matelas.* Elle a oublié la photographie du petit garçon en chemise hawaïenne trop grande, quand quelques semaines plus tard, il devient réel. De l'image au mouvement, le choc est immense. Dès son arrivée, Dadou en costume violet de velours côtelé est le centre de l'attention. Une petite tornade farceuse et drôle qui charme, ramasse toutes les fleurs sur son passage. C'est le jour de son quatrième anniversaire. Grosse-Dame a organisé une grande fête avec des guirlandes argentées qui encadrent les murs saumon de la salle à manger lessivés avec une telle ferveur, la veille, qu'elle en est encore nauséeuse. Il y a là aussi la vraie maman de Dadou, une très belle femme en voie de disparition, un spectre. Elle attarde ses yeux délavés sur celui qui lui ressemble tant, ce petit diable court dans tous les sens sans savoir à quoi s'attendre. Dadou est tellement menu que l'on a envie de croquer ses cuisses de petit poulet, il adore les bras, se jette dans les bras de qui veut, surtout dans ceux de Grosse-Dame. Quand elle est épuisée, le petit diable se rattrape sur un catalogue de vente par correspondance qui traîne sur la jolie nappe en dentelle tachée de chocolat, il pousse des cris de girafe devant les chairs rosées qui dépassent des lingeries frivoles. Tout le monde rit sauf Boulette. Grosse-Dame finit par le lui retirer des mains lorsqu'il tombe sur une jolie brune à la dentition parfaite qui incline la tête vers un phallus fuchsia en plastique. On parvient à le faire asseoir pour savourer son gâteau d'anniversaire, il plonge la tête dans son assiette, mange avec ses doigts. Cette fois-ci, Boulette rit. « *Ne te moque pas de Dadou,* sermonne Grosse-Dame. *Il n'a pas appris l'usage des couverts à la biberonnière.* »

Entre Dadou et Boulette, c'est la guerre. La fête terminée, Boulette prend l'étage supérieur du lit superposé d'occasion que l'on vient d'acheter et commence à partager sa chambre avec le nouvel arrivé. Quand des invités débarquent à temps partiel, faute d'avoir un toit ou un compagnon sécurisant, celui qui fait office de mari à Grosse-Dame migre sur un lit de camp dans leur chambre, lit qui condamne l'accès à la porte. Chaque nuit, la chambre tangue et chavire comme un navire à la dérive. Grosse-Dame se lève de son canapé et crie du pied de l'escalier pour arrêter M. Mandoline qui frappe Dadou qui chante et se balance pour s'endormir et l'empêche, lui, de dormir. De son lit en hauteur, Boulette assiste à ça, impuissante. Même si elle en veut à Dadou de la priver de Grosse-Dame, elle sent bien que ce n'est pas normal d'être battu comme un âne. Pourtant, elle imite parfois M. Mandoline, envoie valdinguer son rival comme une poupée de chiffon. Quand le sang coule, c'est la panique. On éloigne Boulette et on lui crie de la fermer quand elle demande la date de renvoi de Dadou à son expéditeur.

Arrête tes fantaisies !

Dadou, on le bourre de grosses pilules aux couleurs du drapeau suédois matin et soir, et il ne faut surtout pas qu'il prenne trop le soleil et le froid à cause de sa maladie bizarre dont personne ne parle. Comme Boulette se demande ce que c'est – tout comme la *chyzophrénie* comme elle s'entraîne à dire à propos de Mère –, elle confie ses turlupines à une feuille à grands carreaux qu'elle rend à la professoresse à l'occasion d'une expression libre de français ayant pour thème « un brûlant secret ». Quelques jours plus tard, en fin d'après-midi, Boulette revient du collège. Elle se débarrasse de son gros sac à dos militaire rempli de nombreux manuels et dont le poids lui fait ployer l'échine, elle grimpe sur une chaise en osier pour atteindre le placard à madeleines en hauteur. Grosse-Dame est assise, comme bien souvent, sur le canapé, les mains croisées sur un coussin imprimé zèbre, plaqué contre son ventre. Mais là, c'est quand même pas comme tout le temps. Elle ne prête pas attention à l'écran de la télévision où défilent les images d'une émission culinaire sur la cuisson exigeante des noix de Saint-Jacques. *Un simple aller-retour et une cuisson au beurre, Mesdames !* Grosse-Dame fixe Boulette sans rien dire comme si elle avait fait une énorme bêtise. *Mais tu es malade, Boulette !* La bouche pleine, Boulette ne comprend pas de quoi elle parle. *Qu'est-ce que tu as raconté à l'école ? Il ne faut pas parler de ça !*

S'il ne faut pas parler de la maladie de Dadou, de la *chyzophrénie* ou des saignements menstruels, Boulette a souvent droit au disque : *Arrête tes fantaisies !* dès que Grosse-Dame la surprend à rêver un peu trop fort dans sa tête. Gonflée alors qu'elle-même rêve par intermittence, vautrée dans son cercueil aux coussins dépareillés, le chien boiteux à ses pieds, quand elle ne s'emploie pas à dresser Dadou. Comment se laver les dents, tenir une fourchette, se tenir droit sur une chaise. Boulette a envie de fuir. À défaut, et pour échapper aux gloses continues de Grosse-Dame, elle se réfugie encore plus dans sa tête et ailleurs. Ainsi, elle traîne tard le soir pour retarder son retour au pavillon. Boulette ne va nulle part, elle erre sur l'avenue serpentine qui mène au collège, parsemée de nids-de-poule à cause desquels, les jours de pluie, les autos qui roulent trop vite l'éclaboussent. Elle se perd dans le dédale des rues pavillonnaires, détaille les façades en crépi jaunasse tristement semblables ; ou encore, elle reste sur un banc décati dans le parc municipal à ne rien faire. Un jour, elle s'aventure près d'une caravane stationnée depuis plusieurs jours sur l'avenue. La porte est entrouverte. Boulette passe la tête à l'intérieur et repart dare-dare à la vue du vieux schnock vautré sur une banquette en tissu psychédélique qui la tutoie en caressant son entrejambe assorti à sa moustache. Elle revient à la nuit tombée, la vergogne au front. *Mais tu as vu l'heure, Boulette ? J'allais appeler la police !*

Dans le même temps, Boulette est toujours forcée de voir Mère à la Tour des enfants perdus où elle se planque derrière un papier glacé « Testez votre culture G », tête baissée pour éviter de répondre aux sempiternelles questions de Mère sur les garçons. *Est-ce qu'ils sont gentils ? Est-ce qu'ils sont proprets ? Ne fais pas cette tête Boulette, j'estime qu'il est de mon devoir de t'informer de certains désagréments.* Un jour, dans son souci de lui plaire,

Mère lui offre *un mag' pour jeunes gens*, comme elle le précise. *Si tu connais les saignements par là même où tu es venue au monde, tu es devenue femme et te dois d'agir en conséquence.* À cette occasion, elle accompagne son émouvante dot d'un livre sur Jésus-Christ et d'une boîte entamée de préservatifs de la marque Gossamer. Avec sa prévoyance habituelle, Mère oublie les serviettes hygiéniques. En rentrant de la visite, Boulette se pelotonne dans le fond de son lit surélevé pour étudier ce curieux magazine éducateur consacré au plaisir de l'amour nu. La berceuse, la grenouille, le moulin à vent. Comment se grimper dessus tantôt debout, à genoux ou à plat ventre. La fille s'appuie contre le mur, l'homme se balance sur une chaise, à l'oblique, à la verticale avec les petits plus qui font drôlement plus, les caresses et les griffures et les mors… *À la bouffe !* De peur que Grosse-Dame ne tombe sur ces photos à la va comme-je-t'emboîte, Boulette, tout étourdie par des crampes brûlantes et des sueurs froides, descend titubante de son perchoir et fourre le magazine dans son sac à dos entre deux manuels. Peut-être serait-ce un moyen de se rendre populaire auprès de ses camarades ? Ils la réquisitionnent souvent pour poser des questions farfelues à propos de l'accouplement des abeilles ou du mouvement des planètes dans le but de parasiter le cours de biologie pendant lequel le prof à l'allure pachydermique passe le plus clair de son temps à traiter ses élèves d'ignares plutôt qu'à leur apprendre concrètement la vie de la faune et de la flore. Le premier jour, il leur fait remplir l'usuelle feuille de renseignements sur qui ils sont, que font leurs parents et que veulent-ils faire dans la vie. Sur ce dernier point, Boulette écrit « technicienne de surface », parce que ça sonne classe. Elle apprend alors de la grosse bouche du pachyderme hilare que cela signifie : femme de ménage.

Le lendemain, lors du cours de mathématiques, Boulette montre le magazine à sa voisine. Celle-ci reste bouche bée, son appareil dentaire à l'air, avant d'étouffer de ses deux mains de petits cris de souris malade. Le voisin de derrière se penche vers elles, arrache le magazine des mains de Boulette. Elle veut le récupérer mais déjà l'illustré passe et se froisse et se déchire de main en main, de pupitre en pupitre… Quand le prof s'aperçoit du petit trafic qui perturbe son cours sur la théorie des vecteurs, il trace l'objet source de chahut. Sa petite moustache frémit devant ces défis aux lois de la gravité qu'il pratique à l'occasion. *C'est à qui, ça* ? Bannie, Boulette. Elle est désignée du doigt et envoyée illico chez le dirlo. D'une main experte, il feuillette chastement les pages de la pièce à conviction dans sa planque à fenêtre grillagée et détaille son contenu explicite à Grosse-Dame, muette, au bout du fil. Boulette sort de son bureau avec quatre heures de colle où elle devra écrire trois cents fois : « Je ne suis pas un animal dans un zoo. » Et sans récupérer son magazine.

Boulette contemple ses dix petits orteils enroulés sur eux-mêmes, baignée dans les relents du linge mouillé de Dadou qui sèche sur le dossier d'une chaise. *Avec tout ce que j'ai fait pour toi ! Comment s'intéresser à ces… trucs ?* s'indigne Grosse-Dame dans son langage de plus en plus limité à force d'insomnies et de lobotomie télévisée. Chaque fois qu'une scène érotico-sexo passe à la télévision, Boulette retient une envie violente d'aller aux toilettes et détourne la tête pour lui plaire. Boulette n'est pas giflée mais envoyée au lit, sans dîner, sans être embrassée. De toute façon, Grosse-Dame ne la touche plus depuis l'arrivée de Dadou et l'apparition des saignements. Au sortir de l'enfance, il n'y a que le silence.

*

Les saignements menstruels, c'est parfois pratique pour échapper au cours de gymnastique. Ce matin-là, Priscilla et Boulette sont assises sur le banc du gymnase et regardent les autres courir. Le toit en plexiglas croulant de poussière de cette boîte de conserve géante aux couleurs fluorescentes laisse à peine passer les rayons du soleil d'hiver. Elles y végètent comme des plantes en mal de lumière.

Priscilla est un des éléments séditieux du collège. À force de redoubler, elle cumule deux têtes et deux ans de plus que Boulette. C'est une grande fille mal dégrossie aux petits yeux verts méchants, à la lèvre supérieure surplombée d'un duvet roux raillé par les garçons les plus téméraires. Boulette fait plutôt partie de la catégorie de ceux qui l'admirent et la craignent. Priscilla habite un appartement au premier étage d'une tour d'ardoise, située derrière le collège, et au pied de laquelle elle traîne avec ses nombreux frères et sœurs affublés, eux aussi, de prénoms inspirés de séries américaines. Ils se bâfrent de chinoiseries crues et prennent soin de jeter par terre les emballages pour contribuer au malêtre de la planète. À l'origine de cette fratrie, une femelle dont Boulette aperçoit, parfois, en rentrant du collège, la tête de mort trop maquillée qui dépasse de sa fenêtre sur rue, telle une baudruche fanée. Cette accro à la cigarette et aux jeux à gratter n'a plus de mâle à résidence et pense souvent à un des membres de sa progéniture, disparu suite à une maladie grave. Boulette apprend cette triste histoire lors d'une visite médicale de l'établissement, alors qu'elle traîne l'oreille aux discussions des infirmières. Elle se prend d'une affection décuplée pour Priscilla, cette frondeuse qui, pourtant, ne lui adresse jamais la parole. Depuis la rentrée, Boulette aimerait faire partie de son clan. Le petit frère disparu pourrait bien être son laissez-passer. Reste à trouver le moment opportun.

Sur ce banc du gymnase où elles sont indisposées, c'est la première fois que Boulette se retrouve si proche de son idole. Au milieu des cris de la classe qui résonnent comme ceux d'une fiancée en folie le jour de ses noces, Boulette, la main moite, tend à Priscilla un morceau de papier plié en quatre. « *Quoi ?* » aboie celle-ci en tournant la tête vers Boulette qui reste inerte. Priscilla déplie le papier en grommelant et, ses yeux parcourant les lignes à grands carreaux, se fige comme une statue de sel : *Dézolé kil est mort ton ptit frère*. Si Boulette osait parler, elle ajouterait qu'elle a aussi une sorte de petit frère avec une maladie bizarre. Elle penserait également à Mère avec sa *chyzophrénie*, mais c'est une autre histoire et elle se garderait bien d'en parler, de celle-là. Priscilla l'écouterait, la protégerait du reste de la classe... Mais Priscilla se tait. Sa poitrine trembloche comme un jouet détraqué, elle respire mal, se dit Boulette qui a envie de rire tout à coup. Pour se retenir, elle plie sa langue contre son palais comme elle l'a lu dans le *Journal de Mickey*, elle attend une réponse de la cabocharde, qui ne vient pas. Devant ce silence, Boulette a l'idée de sourire bêtement. Priscilla accuse réception de son sourire et détourne la tête. Jusqu'à la fin du cours, elles n'échangent plus un mot.

Un peu plus tard, au détour du couloir venteux qui mène aux sanibroyeurs et leurs graffitis fécaux, Boulette s'affale. Entourée de sa bande ricanante, Priscilla a retrouvé sa fureur légendaire. Ses yeux brillent d'indignation, lancent des éclairs prophétiques : *Je vais te défoncer à la sortie !* Boulette passe le reste de la journée accablée, comme un veau qui attend son passage à l'abattoir. Elle contemple ses lacets effilochés pour se soustraire au regard de celle qui brûle d'impatience, ses petits yeux verts braqués sur elle, des meurtrières.

Mauvais stratège, Boulette laisse tous les élèves de la classe sortir avant elle. Elle stagne à distance du portail vert à barreaux derrière lequel les collégiens formant public s'agglutinent, trépignent, pour le spectacle. Et la voilà qui saccade et se rétracte tel un lardon frit dans la poêle quand le pion, pressé de finir sa journée de gardiennage, crie d'une voix de fausset *Dépêche-toi !*. Boulette franchit les quelques mètres qui la séparent de la grille de fer. Elle se referme derrière elle. Boulette est immédiatement encerclée et jetée dans l'arène face à la redoutable prédatrice. C'est la distribution de coups, crachats, insultes et tirages de cheveux de celle qui la balance à terre comme une serpillière et la ramponne de toute sa rage jusqu'à ce que les suivants prennent le relais et s'en donnent à cœur joie ! Boulette n'est pas de taille à riposter, elle n'essaie même pas. Au fond d'elle, quelque chose lui dit qu'elle l'a mérité. Ballottée dans le cercle jusqu'à ce que les haines ne trouvent plus de figures inventives, Boulette comprend, dans toute sa chair bleuie, qu'elle n'en fera jamais partie, de ce cercle.

Le trafic d'enfants ne cesse d'évoluer

Boulette, tu grandis, tu changes un peu beaucoup. Je ne te crée pas de problèmes, pourquoi m'échappes-tu ? L'âge ingrat de la révolte, tes sacrées grosses fesses et ton mauvais caractère sont autant de handicaps à la vie de famille. Si l'ambiance entre nous s'améliorerait...

Je croise souvent des filles semblables à toi plus ou moins accompagnées de vieilles personnes. Je désirerais les saluer mais je n'ose pas, peinée de croire à cette lubie d'indépendance. Il faut que jeunesse se passe. N'empêche, en tout bien, tout honneur, je crois à la rigueur de l'éducation que je t'ai donnée. J'ai tenté de t'apprendre l'amour. Et de ne pas commettre de bêtises, elles sont irréparables. La chèvre de monsieur Seguin était attachée dans son enclos à un pieu par une chaîne. Elle a brisé sa chaîne, s'est enfuie dans la montagne fleurissante. Elle a couru, elle a rencontré le loup. Ils se sont battus, il l'a dévorée.

La protection s'exerce à sens unique, mais j'ai choisi la prudence. Mes voisins ont la moquerie et le verbe hauts, je serais victime de chantage. Ils vivent à plusieurs couples et enfants, tous entassés. Pour eux, pas d'enquête sociale. Il n'y a pas de justice ! Qui aura l'obligeance d'admettre enfin que chez moi, ce n'est pas pire qu'ailleurs ? Je suis éternisée dans une situation médiocre, très arrangeable pourtant par une mesure de radoucissement à l'égard de ma jouissance : l'exercice de mon pouvoir parental entier. J'ai tout tenté pour te faire rendre à mon domicile. On t'a confisquée. Il n'est pas juste qu'on garde tous les avantages de la situation que je me suis faite. Le juge pour les mioches me recevra en entretien. Il m'aidera. Qu'est-ce que Marie-Christine a bien pu écrire dans son rapport pour qu'il refuse de te rendre ?

Oh, cette fameuse Dame-Sociale a de très mauvaises fréquentations. Cette grosse saucisse me manque de respect et me menace dans la cour de chez moi. Oui, oui, oui. Hier, elle a fini sa nuit avec les voisins du troisième dans une orgie de violence. Paraît-il qu'elle s'est bien laissé faire ! Je l'ai vue passer dans sa Renault 4L blanche avec toi sur le siège arrière. Elle te confie à des messieurs pour les dégourdir, sans doute. L'entière vérité, je m'en vais te la dire : certaines personnes m'ont ouvert la vue sur la commisération peu charitable que d'autres exercent en te façonnant fantaisistement.

Les rêves des gens m'ennuient. Je ne veux pas qu'ils se réalisent. Avec persévérance, je jure fidélité et chasteté à tous mes devoirs maternels et moraux. Je ne suis pas coupable. Je ne dois pas être jugée, mais pardonnée.

Aurai-je bientôt un peu d'amour ? Et verrai-je, bientôt, cesser l'abus de confiance ? Des gens insensibles estiment que je devrais faire de toi un événement pour que tu deviennes une proie. Il ne faut plus me créer d'autres boulettes au petit bonheur la chance, je n'en vois pas la nécessité même si je n'en ai qu'une. Il est impensable qu'on attende davantage de moi ! Je ne suis ni disposée à comprendre ni aimable.

Tant de sujets d'inquiétude... La hausse du niveau de vie de certains, la haine. Pour ma part, je préfère ne pas entretenir de relations toxiques et résolument négatives pour me préserver de la souillure, des commérages, de toutes les vicissitudes de l'existence et de l'amour trop jeune. Ma vie est exemplaire. Les femmes sont les égales des femmes. Pourquoi n'ai-je pas tout ce que peut demander une femme qui le mérite ?

Toutes les filles de mon quartier passent avec leurs gosses et je suis la plus con. Elles aussi feront l'objet de mesures éducatives : leur stabilité, leur paix sont provisoires. Toutes sont des voleuses et leurs maris des fainéants. Quel gâchis ! Leur arrogance dépasse l'imagination. Je rêve ! Figure-toi qu'hier, le voisin m'a donné un coup dans l'escalier. Ah, le pauvre mendiant ! Et toujours il se pomponne comme si c'était dimanche au bal. Mon genre à moi est sérieux, pacifiste, j'irai jusqu'à l'autosacrifice pour garder la tranquillité. Crois-moi, j'aime mieux me taire que de témoigner de la vérité.

Il faut surveiller que tu n'aies pas de mauvaises fréquentations : pas d'hommes. Ne me contrarie pas sur ce point. Tu crois que je suis une aliénée, n'est-ce pas ? Eh bien non ! La cinglée, c'est toi ! Il n'y a qu'à voir comment tu te comportes en traînant tout le jour durant ! Et Grosse-Dame, tu crois qu'elle n'est pas dans le coup de la dinguerie, par hasard ? Je me demande si tu mérites d'être ma fille. Tu le serais si tu pensais à ton avenir en préservant ta pureté. Et l'avenir de la santé mentale, c'est de préférer les succès scolaires ! D'ailleurs, il serait bon que tu révises ~~ta gymnastique~~ tes mathématiques le vingt-cinq.

Qu'en est-il du zoo ? Dame-Sociale nous a autorisées à y aller. Organiser une sortie, elle a dit oui, mais il faut la décider réellement ! Cette parole n'est pas une médisance ridicule mais un réel constat : on me fait miroiter la réalisation de mes envies et de mes désirs tout en riant derrière mon dos et je déteste ce produit contenu dans la menthe du dentifrice, si corrosif qu'il a entamé mon estomac. D'ailleurs, j'en ai répandu sur une éponge et ça a attaqué le tableau. Qu'est-ce que cela veut dire ? Cherche-t-on à me détruire ?

Il semblerait que le trafic d'enfants ne cesse d'évoluer. Je vois sans arrêt de nouveaux cas d'enfants volés. J'ai écrit au juge pour les mioches à ce propos. Ainsi, on te déplacera chez moi, femme décente et traditionnelle, pas à la merci d'un quelconque faux jeton faisant le tour des foyers en quémandant. Les copains ne sont pas toujours respectables. Je ne cite personne, j'ai eu beaucoup d'ennuis, personnellement.

Il ne me convient pas d'être à l'écart. C'est une chose rare, indispensable le besoin de toi près de moi. Il me semble être investie de droits dont j'ai difficilement l'usage. D'ailleurs, tu as dit ton désir de venir vivre chez moi et sans la présence de membres masculins. Oh... Rassure-toi sur ce qui se passera à la maison, je ne me marierai pas. Pourrais-tu pistonner ton replacement ?

Il y a comme un doute dans l'air. Les voisins t'exigent ! Le juge ne le sait pas, tu es en danger moral et physique, battue et menacée, violée par trois hommes à leur tour au rez-de-chaussée gauche, deuxième porte. J'ai des témoins. Violée, agressée, estropiée, oui, oui, oui. À chaque colonie de vacances, c'est la même histoire, tu te retrouves molestée chez des personnes de l'immeuble qui t'invitent à une partie de Scrabble. Ce n'est pas une vie pour une personne, c'est indécent de traîner sur le trottoir, il faut que tu sois scolarisée. À la rentrée, tu iras en pensionnat, tu survivras décemment. J'assurerai ton entretien à grand renfort de caleçons, blue-jeans, blousons, chaussures et pizzas par voie postale. À ce propos, verrais-tu un quelconque inconvénient à ce que je t'achète un « body » ? Et puis, il faut être gentille de porter le pull rouge décolleté en jacquard que je t'ai offert. Tu ne le mets jamais. J'ai honte.

Raconte-moi combien tu saignes

Très angoissée par les changements physiques de Boulette, Mère n'arrive pas toujours à se maîtriser. Outre les lettres qu'elle envoie à l'apprentie femme sortie de ses entrailles, le centre commercial en bas de la Tour des enfants perdus devient le lieu de tous les dangers. À défaut d'être rendue à celle qui lui promet Disney World, un déjeuner sur les banquettes orange du bouffe-express est offert à Boulette. Si elle raffole des Royal Plouc-Chicken en temps normal, elle se montre parfois réticente à cause de la tenue voyante de celle qui ne quitte plus ses lunettes de soleil à écailles de tortue et de ses potentielles entrées en scandale. Pourtant, Boulette a quelques bons souvenirs d'enfance, notamment celui de revenir ravie du bouffe-express avec un jouet en plastique hérité de son menu joyeux. Souvenirs de fritures et de morceaux de poulet croustillants, souvenirs du privilège de finir le plateau de Mère car celle-ci se contente d'un café noir avec un nuage de lait en raison de sa permanente diète. Dans ses bons jours, Mère ne parle pas trop de l'existence en général, des loisirs, du système scolaire très sévère ni de son espérance d'une vie normalisée avec Boulette à ses côtés. Elle n'insiste pas pour l'accompagner aux cabinets et ne rechigne pas à aller voir l'animalerie avec les bébés chiens et les bébés chats en cage qui se roulent dans la paille, ni le magasin avec les chaussures pour les dames très dames, ni les autres locaux de la galerie commerciale avec tout plein de choses trop bien qu'elles ne peuvent s'offrir. La vendeuse du magasin de chaussures prend tout de même un air méfiant quand elle les voit débarquer dans sa boutique étroite à la lumière aveuglante, comme si elle craignait un genre de sauvagerie. Il y a aussi les moyens souvenirs de Boulette comme lorsque Mère, en passant devant chez le coiffeur avec ses portraits mal cadrés de stars noir et blanc au mur, évoque l'idée de lui couper les cheveux. Elle n'insiste pas trop longtemps, fort heureusement. Les souvenirs encore plus moyens où Mère apostrophe les gens du bouffe-express sans raison apparente ou semble s'entretenir passionnément avec un interlocuteur absent. Les jours où elle commente tout ce qu'elle voit et entend – le lino en imitation merisier qui colle à ses souliers, le visage tatoué d'une femme noire, les promotions sur les mille-feuilles et les camemberts, l'horloge en retard, le vieux parapluie *New York Times* abandonné par terre, les volatiles sous cellophane, l'éclairage blafard, le tube sirupeux de l'été, l'énorme clébard poilu qui lève la patte sur la poubelle, son marginal de maître qui y récupère une barquette de salade niçoise entamée – et Boulette, à bout, s'éloigne… Les jours où Mère la rattrape et l'oblige à s'asseoir sur un banc de l'allée centrale et qu'aux yeux de tous, elle la serre contre elle, comme au *bon vieux temps*.

Sous prétexte de l'achat du fameux « body », Mère emmène sa fille se promener à BB-II afin de vérifier les histoires de tailles qui ne se contrarient pas. Elle a réussi à se débarrasser de Dame-Sociale, fiévreuse et clouée au lit. *La grippe, tu parles ! On la voit partout en train de pourrir tout ce qu'elle peut. Ses manières de cochonne me dégoûtent à vomir. Tout le monde a vu qu'elle confiait les enfants à des messieurs, pour les dégourdir sans doute. Cette belle liberté n'est pas pour toi, Boulette. Je suis dans l'obligation de te faire surveiller et nous allons voir qui commande. Penses-y, Boulette, tu vieillis.* Boulette marche à quelques mètres pour désaturer l'espace sonore qui l'empêche de penser, elle répond tant bien que mal au martelage des *tu dois prendre la pilule à cause des rapports sexuels à l'école, des risques de viols, tu dois dire au juge pour les mioches que tu veux vivre avec moi et raconte-moi combien tu saignes quand l'événement se produit.* Non convaincue par les réponses de sa fille, Mère empoigne celle-ci, Boulette résiste, Mère la gifle. Devant leur ressemblance évidente, les gens s'abstiennent d'intervenir. Bouffie de honte, Boulette s'enfuit et se cogne aux badauds et aux lampadaires pour rentrer à la Tour des enfants perdus. Arrivée là-bas, elle ne dit rien, elle efface, replace sa tignasse en désordre quand Mère rapplique, redescendue de sa montée d'adrénaline. Boulette l'esquive, Mère rugit. Quand on lui demande pourquoi Boulette est revenue seule dans cet état, elle prétexte un rendez-vous chez le dentiste qui doit lui arracher les racines noires d'une dent de sagesse et repart de plus belle avec sa plume. *Dame-Sociale, avec votre permission, puis-je faire passer un examen médical à Boulette ? Afin de voir si elle est bien développée. Vérifier qu'elle est toujours vierge. Dans l'attente de vous lire. Je vous prie de recevoir l'expression de mes sentiments distingués.*

La Tour des enfants perdus ne juge pas nécessaire de faire subir ce genre d'examen à Boulette. En revanche, Dame-Sociale interroge celle-ci, qui finit par lui avouer la scène dont elle aurait préféré taire l'existence. On prend alors contact avec Dr Popper devant la recrudescence tous azimuts de ses inquiétudes d'ordre particulièrement sexuel et les conséquences néfastes qu'elles entraînent. *Il lui faut se reposer l'âme durant un incertain temps,* conclut celui-ci. Pour apprécier d'un peu plus près la réalité, il existe un lieu dédié où l'on tempère les ardeurs à grand renfort de pilules et autres traitements de choc.

Au moins, dans la maison de santé, Mère ne se posera pas de questions, d'autres décideront pour elle. La marche à suivre est la même pour tous avec des particularités inhérentes à chacun. Sont immuables les horaires des repas, de la toilette, des cachets, de la promenade dans le parc sans ombre et sans arbre. Ce malade est privé de sel, celle-là est allergique au poisson, la vieille dame au bout du couloir petit-déjeune en décalé car elle commence sa journée par une séquence choc au troisième sous-sol. Le plus souvent, Mère sera rangée en file indienne et elle attendra son tour. Elle ne choisira pas sa place dans la salle des repas où sont épinglés des mandalas maladroits sur les murs coquille d'œuf. Sous l'éclairage au néon, elle attendra, assise sur une chaise d'écolière, qu'on lui distribue une barquette sous cellophane qui affiche son contenu en lettres capitales. Il n'est pas toujours évident de différencier une blanquette de veau d'un poulet basquaise au restaurant de la maison de santé.

Mère ne se demandera pas que faire d'elle-même. D'autres le décideront. Les pilules aux couleur de l'arc-en-ciel feront leur effet, et si elle se sent un peu plus triste rose que d'habitude, elle pourra toujours demander du rab ou on prendra l'initiative de lui en proposer. Le personnel traitant de l'âme ne sera pas regardant là-dessus, tout comme sur le nombre de cigarettes et de tasses de café consommées par heure, qu'il partagera même parfois avec elle. Elle ne le soupçonnera pas, mais cela leur permettra de collecter des informations non divulguées en d'autres circonstances. Enfin, pas de miroir à la maison de santé, elle ne se verra pas, Dieu merci. Pas besoin de chercher un effet d'habillage ou d'accessoire, le pyjama blanc à rayures bleues verticales est de mise pour tous.

Surtout, elle ne sera pas seule. Il y aura toujours quelqu'un à prendre en otage pour l'écouter ou lui en donner l'impression. L'entretien hebdomadaire avec Dr Lazarevitch la réconfortera, elle trouvera du sens à être là puisque quelqu'un s'intéressera à son mauvais sort. Ce dont elle a rêvé la nuit, ce qu'elle voit dans ce dessin bucolique d'un massif montagneux dentelé de neige, et pourquoi avoir prénommé sa fille Boulette. Cependant, elle supportera mal les photos d'enfants souriants dans leurs cadres en argent posés sur le bureau impeccablement rangé où sont disposés des stylos classieux et des crayons aux mines acérées. Et surtout, pourquoi ce satané chauve avec du poil au nez ne lui répond-il pas quand elle demande qui sont ces petites gens ? Elle lui raconte bien qui est qui dans sa tête. Pourquoi pas lui ?

Il était une autre fois...

Tout à l'est, il est un village rarement mentionné sur les cartes. Aujourd'hui, vous n'y trouverez toujours pas de cinéma ou d'autre lieu de divertissement à part des vignes qui produisent un breuvage amer et résineux, mal digéré par les organismes les plus fragiles. Il y vivait autrefois Coquette, ayant tendance à l'embonpoint et aux achats compulsifs, et un moustachu au teint olivâtre pas vraiment porté sur la vie active. Le couple tient un petit commerce de tabac et de boîtes de conserves destiné à sustenter les habitants de ce trou paumé. Énergique et un brin autoritaire, la petite femme tient la caisse pendant que son mari s'occupe vaguement à ranger l'arrière-boutique. Dans les faits, celui qui jettera un œil derrière le rideau vert crasseux le verra assis sur une caisse en bois à contempler ses chaussures mal cirées. Malgré sa légère arriération mentale, le drôle de mari est bel homme. Coquette n'est pas peu fière d'avoir en sa possession celui qui se laisse gentiment entretenir et la cornaque en ville à l'occasion dans sa Renault 4L blanche. La boutique est source de pécule : tabac à l'œil et autres langes repassés pour celui que l'on traite comme un paria depuis le mystérieux incendie de la ferme de son frère aîné. Peu importent le dancing et les drôlesses qui se côtoient dans son imagination débridée, ses discours à lui-même pour répondre à ses interrogations existentielles, ses grincements de dents, il ne se rappelle pas à quoi il pense. Pour Coquette au problématique tour de taille, l'homme qui a accepté son contrat de mariage – ou plutôt, s'y est vu contraint devant son ventre encore plus arrondi – est l'illusion de la protection. Elle le tient. Du moins le croit-elle.

L'enfant naît. Une petite chose rose qui crie et tète sans cesse. Ses jolies lèvres dessinées, aussi régulières et charnues que des quartiers de clémentine, n'en sont pas moins celles d'un monstre qui réclame sans cesse. Pour celui qui n'a pas le sou ni toute sa tête, l'enfant est un enfer. Une charge, une responsabilité qu'il préférerait ne pas avoir à assumer. Pour Coquette déformée par la grossesse et les insomnies à répétition, avec ses toilettes reprisées pour se sentir désirable aux yeux de celui qui s'éloigne, l'enfant est tout autant un enfer.

Une nuit, l'enfant est étrangement silencieuse, un répit réconfortant jusqu'à ce qu'il devienne inquiétant. Coquette se penche sur le berceau à dentelle ivoire et découvre, stupéfaite, le corps de son enfant bleu maculé de virgules marbrées couleur chocolat. *Un médecin, appelle un médecin !* Médusé par les couleurs criardes et glauques de sa rivale accrochée aux seins pendants de sa femme, le moustachu ne réagit pas. À l'arrivée du médecin, la chose rose, de bleue, est devenue grise. La nuque molle sous les doigts. Il ausculte le petit corps hypotonique sous la lumière en douche de la cuisine où les carreaux de faïence ont perdu leur éclat, il tapote ses pieds, ses bras, demande depuis quand elle est comme ça, ce qu'elle a vomi ou pas, mais très vite, il sait qu'il ne faut plus perdre de temps et transporter l'enfant fissa à l'hôpital. Avec sa petite mallette et ses dix petits doigts noueux, il ne peut pas grand-chose de plus si ce n'est caresser sa belle barbe clairsemée pour se montrer à la hauteur des circonstances désagréables. Il suspecte une méningite à un stade avancé. Il est à redouter qu'il y ait des conséquences. Pour ne pas achever les malheureux parents, il n'ajoute pas le terme « mentales » à la suite de son diagnostic. Des conséquences sont toujours des conséquences.

L'enfant survit. Les symptômes de la maladie s'aggravent avec l'acquisition de la marche et du langage. Une tornade incontrôlable de fièvre et de râles qui se déchaîne devant des parents impuissants avec, pour conséquence, des clients de plus en plus rares dans la boutique. Le couple croule sous les dettes et les boîtes de conserves accumulées qui dépassent la date de péremption. Les soins coûtent cher pour cette créature insomniaque dont la principale activité consiste à griffer, serrer le cou ; dont les tendances imprévisibles à grimper, balancer, casser tout ce qui traîne sur la table et le comptoir en zinc, répéter ce qu'elle entend – avec un penchant particulier pour les grossièretés que ses géniteurs s'adressent l'un à l'autre – déroutent les pauvres hères. Le moustachu, égal à lui-même, ne fait preuve d'aucune autorité. Il dépasse le cap du visionnage imaginaire des drôlesses et passe à l'acte. C'est ainsi que Coquette, rentrant de sa permanente semestrielle un après-midi, surprend son drôle de mari qui joue à l'expert médical sur la banquette arrière de sa Renault 4L avec celle qu'il n'a jamais daigné approcher auparavant.

Coquette se débarrasse de son fléau, s'empare de l'enfant et, avec ses kilos en trop, file direction la capitale où elle espère trouver un sauveur. Elle reprend la gérance d'un bar situé en haut d'une rue en pente et se figure tirer un revenu de ses rondeurs qui ne laissent pas tièdes certains citadins échoués dans son bouge aux murs pourpres. Ainsi, grâce au dancing étendu à l'occasion pour rameuter de nouvelles têtes, Coquette, engoncée dans une robe fourreau, un boa autour du cou, commandite des visites à caractère lubrique pour des prétendants en mal d'amour. Pour survivre, elle se met aux excitants et fait ingérer des calmants à l'enfant. Un soir, elle croit reconnaître son sauveur sous l'apparence d'un jeune balayeur de plateaux de cinéma qui devient son régulier. Elle réussit à se faire engrosser et, par la menace, obtient un contrat de mariage avec ce jeunot qui balaie à l'occasion sur quelque tournage potache et se satisfait plus ou moins de son entretien, à condition, toutefois, que son aînée se débarrasse de son encombrante créature. *M'en débarrasser ? Je ne vais quand même pas la tuer !* L'enfant ou le mariage, Coquette choisit la bague au doigt et déplace l'enfant devenue jeune fille dans un deux pièces près d'un marché d'antiquaires où le balayeur l'encourage à gagner sa vie.

Beaup' la visite à l'occasion avec une boîte de calissons pour voir si la fille est plus experte que la mère. Il faut bien assurer la relève. Coquette est en fin de cycle, son usine n'a plus rien à produire, mais on doit l'entretenir jusqu'au bout. Elle tolère ces entrevues ou plutôt, ferme les yeux, car en plus de son commerce, il faut dresser le nouveau venu au monde à qui, par chance, on n'a pas détecté de problèmes débilement parlant, du moins, pour l'instant. Mais tout se gâte quand Beaup' est touché par un miracle de promotion lié aux circonstances d'une beuverie impromptue avec des personnes influentes. Ses bonnes reparties le propulsent éclaireur des acteurs et des meubles. Le plus souvent, il éclaire de nuit et se fait de plus en plus absent du troquet en haut de la rue en pente jusqu'à le devenir véritablement lorsqu'il rencontre une couturière qui lui propose d'aller coudre un nouveau tissu de vie près de la mer.

Dès lors, Coquette doit recevoir plus de clients dans son arrière-boutique pour subvenir à ses besoins de toilettes prisées et reprisées jusqu'à la corde. Pendant ce temps, dans un deux pièces étriqué où une unique fenêtre donne à voir le ciel, une jeune fille crie sans que nul ne l'en empêche, elle reçoit même un sou pour ça et entend sporadiquement des voix imaginaires qu'elle juge bonnes compagnes. Malgré la proximité du bouge où elle l'a placée, Coquette n'y va jamais. Cinq étages sans ascenseur, c'est beaucoup trop pour sa petite santé. D'ailleurs, elle se trouve un nouveau prétexte asthmatique en plus de sa surcharge pondérale. Pour répondre aux besoins pressants de sa petite santé et surtout s'éloigner de l'ombre concurrente de sa descendance, elle se prend d'une envie de vivre près de la mer, elle aussi. Elle emporte son dernier-né, trop jeune pour se débrouiller. Quant à la première, elle laisse le soin aux clients venus se dégourdir le membre d'assurer son avenir.

Le linge sale

Pendant que Mère se retape à la maison de santé, un break suédois remplace l'auto soviétique dans le cœur du petit fonctionnaire du ministère de la Défense. Son coffre à grande capacité, ses essuie-glaces sur les phares et ses sièges chauffants recouverts de suédine grise ont séduit au premier regard celui qui a dû se résigner à l'abstinence. Et le vrombissement féroce du moteur ! Si réconfortant. Au cours de ces années où la sécurité routière n'est pas encore à la mode, son coffre corbillard sert de lit partagé à Dadou et à Boulette, espérant leur bonne entente, un jour. On y installe un matelas et des oreillers loukoumesques, on y place des cahiers de coloriage entamés et les sempiternels cahiers de vacances que les gosses ont bien essayé de planquer sous la télévision avant le départ. Ils s'allient pour faire des grimaces à ceux qui attendent leur tour au péage pendant que M. Mandoline aboie sur Grosse-Dame à propos du nombre de Chèques-Vacances mystérieusement manquants dans le carnet offert par son employeur. Pour balayer les relents de cimetière diffusés par son haleine, Grosse-Dame lui tend une pastille à la lavande. La Suédoise traîne la caravane pleine de bectances et de linges de vacances qu'on installera sur le terrain d'un dandy bûcheron, Oncle de Grosse-Dame.

Ils déplient leurs chaises de camping achetées en solde au milieu des vignes et de dindons en liberté, ces créatures fascinantes de laideur dont la gorge pendante et violacée effraie Dadou et Boulette. Les grands dégustent l'anisette locale d'Oncle, éternel jeune homme en salopette et chemise à carreaux, accompagnée de cochonnailles et autres réjouissances caloriques quand le téléphone sonne. Improbable coup de fil de Dame-Sociale qui, elle, n'a pas encore pris ses congés. Mauvaise nouvelle, la mère de Dadou est partie des suites de sa longue maladie. On n'en dit rien à Dadou et Boulette qui capturent des mouches avec des Duralex sur la table en formica rouge de la cuisine aux allures d'aquarium avec ses murs vert bouteille. Des mouches, il y en a partout dans cette crèche. Des rubans jaunes gluants sont suspendus au plafond où les insectes piégés finissent tristement leurs jours.

Boulette ne pourrait-elle pas rester chez Oncle le temps de régler la mauvaise nouvelle ? Oncle, Boulette l'aime bien, surtout qu'il promet de l'emmener à la fête foraine avec sa fille qui débarque de chez sa mère. À peine plus âgée que Boulette, Fifi paraît d'une autre espèce. Avec sa tête de moche et son corps mal dégrossi, Boulette regarde non sans une certaine envie cette créature aux longues jambes dorées et aux yeux myosotis qui dandine des miches et rechigne à manger des saucisses-lentilles. Boulette est entre de bonnes mains, pense Grosse-Dame qui emporte Dadou et M. Mandoline en train grande vitesse, la laissant là.

Le lendemain, Oncle emmène Fifi et Boulette au *Bar des amis* situé sur la place du village où il coiffe Boulette de sa casquette à l'envers et lui paie trois grenadines chargées avant qu'elles n'aillent laver le linge sale au lavoir. Toute fière de ces faveurs, elle mâchonne des bonbecs acides en regardant un match de rugby qui passe à la télévision suspendue près d'un renard empaillé et d'une série d'étagères où sont disposés des trophées de sport en toc et des bouteilles d'alcool divers. Fifi balance ses longues cannes le long du tabouret où elle se tortille sur une fesse, dorlotant ses mèches blondes. Elle jette des coups d'œil à l'extérieur quand elle entend la pétarade d'une mobylette tandis qu'Oncle, appuyé au comptoir, s'informe des dernières nouvelles de campagne auprès de la tôlière aux paupières aussi fanées que fardées. Celle-ci semble ne pas connaître l'usage des sous-vêtements sous son décolleté plongeant qu'Oncle regarde plus que l'écran. Sous prétexte de devoir s'entretenir de plus près avec la dame à l'allure singulièrement dénudée, il envoie les filles s'acquitter de leur corvée ménagère. En échange de plaquettes de chocolat fourrées à la noisette, il demande à Boulette, en aparté, de surveiller Higounet, un maigrichon qui traîne à mobylette orange dans le village.

En chemin, Fifi taxe Boulette pour passer un coup de fil à la cabine téléphonique à pièces avec ses messages amoureux, obscènes et lui ordonne de l'attendre au lavoir. Boulette astique la crasse quand Fifi arrive et, plutôt que de se mettre au travail, elle plonge ses orteils dans l'eau en bullant un chewing-gum. Boulette se penche pour frotter une tache de gras tenace incrustée sur un torchon effiloché, elle découvre que la cousine ne porte pas de culotte sous sa minijupe blanche à petits pois noirs. Une pétarade approche puis s'arrête, Fifi sourit à la vue d'un grand échalas qui descend d'une mobylette orange sans porter de casque. Sa frange brune recouvrant sa petite myopie et son anneau à l'oreille donnent à Higounet un air d'ailleurs. Sous son blue-jean, il en porte un deuxième pour avoir l'air moins famélique, ce qui ne l'empêche pas de se balader torse nu dans ce village où la jeunesse se fait rare. Fifi le rejoint et laisse Boulette suer, frotter, rincer à grande eau le tas de slips et de marcels. On la tolère, celle qui sert de paratonnerre et avale mécaniquement des carrés de chocolat praliné entre deux traces de pneu sur un caleçon d'Oncle. En réalité, Boulette ne protège pas grand-chose des effets de la foudre. Elle fait comme si elle n'était pas là pendant que les deux se roulent sous les marronniers un peu plus loin.

Oncle tient sa promesse. De nouveau, il emmène les filles humecter leurs lèvres au bistrot puis ils iront tourner aux manèges, aux chaises volantes et autres auto-tamponneuses. Pour se préparer au grand vertige, il enchaîne les verres d'anisette et fait goûter à l'impatiente Boulette la fameuse boisson qui fait valser la tête. Fifi fait sa duchesse, prétexte d'aller aux cabinets pour s'asperger d'eau froide et rester tranquille dans le bistrot de la dame bien connue d'Oncle. Il la laisse là et se concentre sur Boulette sur laquelle il s'appuie, tout chancelant avec son trop d'anisette. Toute contente, Boulette, de tenir la main d'Oncle qui salue les dames et les messieurs et l'appelle « ma Bouclette », tout heureuse au milieu des odeurs sucrées de barbe à papa et de berlingots fluorescents, des lumières criardes qui clignotent dans la nuit, des petits canards en plastique à pêcher, des peluches d'ours gigantesques à gagner. Trop d'excitation pour Boulette qui, le ventre bourré de pralinettes, se mord la lèvre inférieure et saigne. Oncle se baisse et la soigne tendrement avec son mouchoir à initiales brodées qu'il sort de sa poche puis lui propose une pomme d'amour à bord du train fantôme. Il fait très sombre à l'intérieur, elle ne voit pas tout ce qui se passe, Boulette, cette boisson anisée tourne vraiment trop la tête... Elle ne comprend pas les gestes d'Oncle. Elle croit bien qu'il la touche d'un peu trop près maintenant, se dit-elle tandis qu'elle regarde les créatures et les chimères surgir devant elle, *même pas mal*. Juste une odeur de tabac froid, d'alcool, qui lui retourne le cœur si bien qu'elle jette la pomme d'amour par-dessus bord.

Boulette ne sait dire si c'est normal ou pas, la manière dont Oncle se comporte avec elle et pourquoi la nuit elle se réveille et avale en cachette tout ce qui traîne, le pain de campagne, les rillettes, le reste de polenta froide sur la gazinière et les patates crues qui lui font mal à l'estomac. En même temps, Oncle est gentil, il s'intéresse à elle. Quand Fifi part séjourner chez sa mère dans le village voisin, Boulette aide Oncle à couper et transporter du bois, il la trimballe comme un joli paquet cadeau sur le siège avant de sa camionnette poussiéreuse et caresse le gras de son genou entre deux passages de vitesse. Quand il s'arrête au bureau de tabac pour acheter ses cigarettes sans filtre, il n'oublie jamais les barres de chocolat fourrées dont il varie les parfums. Boulette, le cœur au bord des lèvres, fait en sorte de cacher les faits et gestes de Fifi quand elle revient à domicile, elle lave le linge sale pendant que la crâneuse se roule dans l'herbe sèche avec Higounet. Des faits et gestes interdits mais qui, pourtant, ressemblent étrangement à ce qu'Oncle lui fait. Ou peut-être, à force de voir Fifi faire ça, a-t-elle imaginé qu'Oncle le lui faisait, se demande-t-elle en fixant l'écran du *Bar des amis* où passe un énième match de rugby, sans s'apercevoir que le paquet de chips à l'ancienne qu'elle a entamé est déjà vide.

La nuit suivante, on frappe au carreau du grenier où Boulette dort avec Fifi. Higounet se tient de l'autre côté de la fenêtre, tout sourire et cocottant l'anisette, il enserre la gouttière entre ses gambettes cagneuses. Fifi le fait entrer en douce et l'entraîne vers son matelas posé à même le sol au milieu de caisses d'outils et de vieilleries. Boulette dort quand, des limbes du sommeil, rires et chuchotements lui parviennent. Elle ouvre un œil et, comme à son habitude, fait comme si elle n'était pas là. Elle entend les deux gigoter sur le matelas, les grincements du parquet, les conseils experts quant à l'opération en cours. Elle hésite à descendre l'escalier étroit pour aller se remplir la panse puis finalement se rendort. Au milieu d'un train de sommeil, Boulette est de nouveau sortie du wagon de son rêve, mais cette fois-ci, par des coups et des cris qui rebondissent sur les murs en lambris. *Et toi, tu dors !* Oncle la tire du lit, la gifle aller-retour puis il attrape le maigrichon par le cou, le dérouille allègrement et l'envoie valdinguer tout nu aux quatre coins de la pièce avant de le jeter comme un paquet de linge sale dans l'escalier. Silence. Est-il mort ?

On l'entend remuer. Soulagé, Oncle lui balance son blue-jean au pied des marches et se rue sur Fifi planquée sous un drap trempé de sueur pour lui faire subir le même sort qu'à son jules, le saut dans l'escalier en moins.

Un index, un tibia, une cheville…

Bien sûr, c'est la faute du cahier de correspondance posé par terre quand Boulette faisait le poirier dans la cour de récréation à la rentrée de septembre. Son pied a malencontreusement glissé dessus en se réceptionnant et son index, surpris, a fait le grand écart. Quelques semaines plus tard, son tibia s'est tordu en ratant un chaloupé sur ses nouveaux patins à roulettes reçus à Noël. La cheville foulée, c'est à cause de ces horribles chaussures compensées à la mode qu'elle a voulu porter pour faire sa belle printanière comme les filles du collège. Puis le bras, la faute de ce foutu pont caché derrière un virage après une descente grande vitesse à bicyclette pour rattraper la classe verte à l'automne. Boulette aimerait bien être comme les autres. Hélas, elle n'est qu'elle-même.

Grosse-Dame la regarde, la plaint. Elle découpe son steak nappé de sauce au poivre vert, écrit des mots de soutien sur ses plâtres successifs, pousse son fauteuil roulant de récup sur l'avenue serpentine qui mène au collège. Il y a de quoi faire concurrence à Dadou qui s'agite davantage et demande sans cesse pourquoi sa mère ne revient pas. Boulette, elle aussi, est une enfant malade qui peut se prélasser dans le canapé en se bâfrant de crèmes dessert ! Réclamer sans se faire gronder, manquer les cours d'éducation physique et les visites à la maison de santé où Mère séjourne dans un pyjama trop grand. Justifier sa surcharge pondérale comme conséquence de ces malheureux accidents. En pleine croissance, Boulette enfle plus qu'elle ne grandit, instaure ainsi un périmètre de sécurité pour rendre inapprochables certaines parties de son corps. Faute aussi à la féminité qui l'a prise en otage. L'abondance de charcuterie ne fait pas bon ménage avec le devenir femme et voilà qu'une colonie de bactéries s'installe sur son visage. Les douches lui répugnent et elles sont d'autant plus malcommodes à honorer avec ces plâtres qu'il faut protéger de l'eau avec des sacs-poubelle grand format. Boulette est sale. Sale comme l'uniforme hospitalier de Mère qui, malgré sa pauvre hygiène, s'inquiète grandement des fractures de sa progéniture.

Magie noire

Avec sa singularité d'éclopée, Boulette s'est éloignée du cercle casquettes-baskets du collège, d'autant qu'à la faveur de ses convalescences successives, elle s'est amourachée de rock. Le volume, la puissance, la vitesse, ce sentiment de révolte lui offrent un exutoire. L'inertie est devenue une force. La force de s'opposer, de se révolter enfin. Le rock transforme et valorise tout ce qu'elle n'a pas envie de voir et en particulier, son corps. Ainsi, elle penche obsessionnellement pour les vêtements noirs qui trompent l'œil sur son tour de taille et font tache au milieu des survêtements Challenger. Mais… voici qu'un intrus débarque. Dès son arrivée en cours d'année, Boulette remarque ce grand maigre venu de l'Ouest qui, comme elle, s'affiche en treillis militaire. Au début, les alliés s'assoient sur la pelouse derrière le collège au milieu de parpaings abandonnés et du linge du camp de gitans qui sèche sur des cordages de fortune. Ils échangent timidement des disques et des cigarettes volées dans les poches élimées de leurs aînés et des boissons à bulles sucrées en se tortillant pour réfréner leurs gaz. Seulement, tout le collège se moque de ce couple mal assorti, cette grosse moche et ce grand maigre boutonneux. Soucieux de sa réputation, ce dernier préfère se plier au diktat des survêtements et prendre ses distances avec celle que l'on surnomme *Rolling Stone*.

Dans sa chambre, les posters de ses idoles rock cohabitent difficilement avec ceux de boys bands, chers à son colocataire. Boulette devrait y terminer son devoir d'histoire avant les gnocchis béchamel concoctés par Grosse-Dame, mais n'ayant pas le cœur à l'ouvrage pour disserter sur la Nuit de cristal, elle feuillette un magazine envoyé par Mère tout en vidant un sachet de fraises chimiques. En ces temps difficiles, une rubrique du Dr Lidibo retient son attention. *Chagrin d'amour : comment récupérer l'autre ?* Boulette suit les indications à la lettre, elle gribouille son nom et celui du désintéressé sur une feuille à grands carreaux, les entoure d'un cœur mal dégrossi, et brûle le papier en marmonnant une incantation amoureuse issue d'une de ses chansons préférées. *Culdn't bi moch moure frum the hort... Furiver trusing whu wi ore... And nuth... – À la bouffe !* claironne Grosse-Dame du pied de l'escalier. Boulette jette alors son œuvre dans la corbeille en plastique remplie de paperasses et d'emballages de bonbecs avant de descendre.

Très vite, on sent une odeur suspecte derrière les effluves de béchamel. Boulette remonte l'escalier en courant où un nuage de fumée se déplace sur la tapisserie pas jouasse. Elle ouvre la porte de sa chambre, appel d'air, une flamme-langue danse, jaillit, monte aux rideaux, à l'armoire, la vitre de la fenêtre éclate. Avant que la baraque ne finisse en cendres, M. Mandoline attrape un extincteur stocké dans le sous-sol et réussit si bien à maîtriser le feu sous les yeux sidérés de Boulette, que l'intervention des pompiers se résume à dégueulasser le carrelage bleu-jaune moucheté, fraîchement nettoyé par Grosse-Dame. On interroge Boulette. Bien sûr, elle ne dit rien de son cœur brûlé, elle parle d'encens, elle a brûlé un petit bâton d'encens au patchouli, rien de plus. On ne la gronde pas, on ne la prive pas de sortie, et alors qu'elle est pleine de suie et de honte, on l'envoie acheter du pain à la boulangerie pour faire des sandwichs puisque les gnocchis béchamel ont été offerts aux braves pompiers venus pour rien.

Boulette louche sur la crème au beurre qui déborde des Paris-Brest en promotion jusqu'à 17 heures, elle évite le miroir près de la caisse et son image de mollassonne en sweat noir informe qui piétine dans la queue. Sortie de la boutique aux murs roses défraîchis, les bras chargés de baguettes traditionnelles, elle arrache une entame qu'elle se fourre dans le gosier et, la bouche pleine, elle tombe nez à nez avec celui pour qui elle a sacrifié sa chambre. Il fait semblant de ne pas la voir. Apparemment, ce tour de magie ne marche pas.

Terrain vague

La chambre est un amas de cendres et de poussière où l'on trie le peu à sauver au milieu des joujoux fondus et des boules de vêtements noircis. Grosse-Dame fait une place à Dadou sur son canapé déglingué par la force de son fessier tandis que Boulette migre dans la caravane du jardin d'où elle peut voir le terrain vague de l'usine photographique désaffectée. Bien sûr, on n'en dira rien à la Tour des enfants perdus. On fera en sorte de réhabiliter la chambre rapidement, on fera même bonne impression à la prochaine visite de Dame-Sociale. La pièce sera rénovée du sol au plafond avec une fenêtre à double vitrage, de nouveaux lits et une armoire avec penderie et trois tiroirs pour les sous-vêtements. Reste à espérer que l'assurance versera l'indemnité du sinistre au plus vite.

Dormir avec Dadou est aussi commode pour Grosse-Dame. Depuis qu'il a compris que sa mère ne reviendrait pas, elle ne peut s'empêcher de redoubler d'attention car Dadou est perturbé et perturbant. Il se met dans des états de violence extrême, la comédie pour s'asseoir, se lever quand ce n'est pas celle pour aller se coucher, *non, non, non*, répète-t-il en convulsant tout son être, ses bras, ses jambes et sa tête au point de ne plus voir ce qu'il fait, jusqu'à se cogner le front contre une chaise et que le sang jaillisse de tous côtés. Dépassée, Grosse-Dame appelle à la rescousse son homme de compagnie, mais très vite, ça dégénère et elle ne sait plus qui punir quand elle doit s'interposer entre eux. M. Mandoline ne maîtrise la situation qu'à coups de ceinture qui, sur le petit corps de Dadou, laissent des marques évidentes. Si elles étaient découvertes par Dame-Sociale, le couple pourrait subir de sérieuses représailles. M. Mandoline a raison de se foutre en rogne quand, par pure provocation, Dadou lui jette sa plâtrée de spaghettis bolognaise en pleine tête. Mais parfois, sa haine est telle qu'il en perd tout sens de l'humour, comme le jour où Dadou délivre les escargots qu'il avait soigneusement collectés dans un aquarium. Après les avoir fait dégorger, il les aurait préparés, fourrés de beurre, de persil et d'ail noir... Il se réjouissait tant à l'idée de les servir aux invités du prochain réveillon pour y avoir sa minute de gloire. Les marques sur le corps de Dadou témoignent de la frustration de M. Mandoline.

Boulette, libérée de ses plâtres successifs, n'est plus une petite, mais une jeune fille dont Grosse-Dame commence à se méfier. Elle lui échappe. Anormalement coquette, elle n'en fait qu'à sa tête coloriée au mercurochrome qui dégouline sur son front boutonneux les jours de pluie. Elle a profité de l'incendie où toutes ses toilettes et souliers ont brûlé pour refaire sa garde-robe et se découvre sous des voiles noirs transparents, des chaussures dignes du service militaire, nombril à l'air. Avec Grosse-Dame commence une demi-guerre. Boulette saute les repas, sort sans dire où elle va ni quand elle reviendra. Elle se rêve rock star longiligne, elle parle fort peu et fort mal. Ce changement est lié à un genre d'homme qui, un soir, la suit sur l'avenue serpentine qui mène au collège avant de l'accoster en l'affublant du nom de « Boucle d'or ». Lui, il porte un prénom de rock star. Johnny est un semi-barbu de dix ans son aîné qui traîne sa vie au terrain vague. Il fume des herbes venues des Pays-Bas et dont l'odeur acide émane de ses aisselles osseuses, il mélange breuvages et histoires salaces avec des amis fort peu recommandables au pub de la nationale 3 où il invite Boulette. Coincé au milieu de magasins en tôle de ferraille qui vendent des meubles de salles de bains et des fournitures de bricolage, ce repaire abrite une horde de ringards à tignasses ébouriffées, affalés sur des tables bancales. Le poing levé, orné de bagues à clous et têtes de mort masquant mal leurs doigts boudinés par l'alcool, ils sont les rock stars dont Boulette rêve du haut de ses treize ans.

Ce samedi soir, Boulette quitte sa caravane en douce pour rejoindre son prétendant. Sous la capuche qui recouvre sa tête partiellement dégarnie, Johnny cache un passé d'anorexique que Boulette lui envie. En chemin, il lui confie avoir planté la main de sa mère avec une fourchette alors qu'elle lui donnait sa gamelle. Ses yeux ont un arrière-goût de caramel. Gourmande, Boulette les regarde. À ce signal, il la plaque contre un mur en construction et lui fourre sa langue dans la bouche. Cachés dans l'ombre d'une rue pavillonnaire, il plonge la main dans sa culotte de gros coton bleu marine. Le cœur de Boulette bat, rapide, désaccordé. Elle agrippe le béton froid tandis qu'il cherche la petite entaille rose qu'on appelle fente. Il entre. Le cœur rate un battement. Le passage se révélant étroit, Johnny sort de là, prend sa proie par la main et l'entraîne vers des dépendances au fond d'un jardin en friche.

Au cœur de l'hiver, Boulette est bien reconnaissante qu'il la fasse entrer dans le deux pièces aménagé et chauffé, c'est bien mieux que sa caravane où le toit fuit par endroits. Johnny l'emmène dans une chambre aveugle. Il met de la musique. Boulette écoute, assise sur le bord du lit aux draps rêches, elle apprécie cette musique qu'elle ne connaît pas. Elle n'ose demander ce que c'est et se contente de sourire, ou du moins, elle le croit. Debout, il la considère sans rien dire puis tout va vite, très vite.

Est-ce qu'elle se déshabille ? Est-ce qu'il la déshabille ? Il y a un préservatif Gossamer, oui, mais la tendresse ? Boulette découvre qu'elle veut et qu'elle peut en donner. Il entre en elle. Il se sert d'elle. Il se vide en elle. Cette souffrance est inédite. Elle se dit que, peut-être, c'est ainsi. Le mâle pousse un cri grotesque puis s'arrête et très vite, il se rhabille. Très vite, elle doit faire de même. Un filet de sang serpente sur les draps défaits. Elle ne le fait pas remarquer à Johnny, elle veut laisser sa trace, mais il voit son regard, il voit ce qu'elle regarde. Il la pousse du lit, arrache les draps et ne sachant quoi en faire, il les roule sous son bras et se dirige vers la porte de la chambre. Avec une certaine hésitation, il s'arrête, se retourne vers elle.

— *Ça t'a plu ?*

— *Non.*

C'est sorti tout seul. Ce mot qu'elle ne s'est jamais autorisée à dire. La langue n'a pas fourché, non. Elle a dit *non.*

Il fallait que ça passe par le corps. Qu'un autre corps entre en elle pour la réveiller à elle-même.

Résolue, Boulette quitte la chambre sans un regard vers celui qui reste sidéré avec les draps tachés sur les bras. Arrivée près de la porte d'entrée, elle remarque un livre abandonné sur une étagère. Elle l'emporte sans rien dire à celui qui l'évite.

Un certain Georges Duroy

Un personnage opportuniste, désireux d'être reconnu, de le devenir. Boulette s'identifie à lui, à son désir. Elle l'aime, l'admire. Elle se venge en pensée à travers ses tromperies, ses manigances. Il lui enseigne les pièges dans lesquels on tombe à vouloir être aimé. Elle y voit sa perte, l'ombre d'elle-même. Le prix qu'elle a payé. À travers lui, elle se relève. Elle aussi, elle charmera, personne ne lui résistera. Depuis toujours, il y a en elle un désir de prendre sa revanche. Elle se reconnaît en lui, Bel-Ami.

Une semaine plus tard, la professoresse de français rend les devoirs. Les notes sont distribuées de la plus médiocre à la meilleure, et Boulette s'étonne de ne pas avoir récupéré sa copie. Il en reste une seule dans la main de la professoresse qui marque une pause avant de reprendre : *J'aimerais que l'auteur de ce devoir vienne à mon bureau et le lise devant la classe.* L'auteur, c'est elle. Elle se lève de sa chaise et d'un pas encore mal assuré, prend sa place.

Ce qu'elle a passé sous silence s'envole.

Boulette prend la parole.

REMERCIEMENTS

Pour hier, aujourd'hui, demain : Philippe Adam, Annie Bordachar, Yann Collette, Camille Fontaine, Thierry Grand, Philippe Lancelot, Giulio Ringhini, Nadia Porcar, Frédéric Teillard.

Une pensée particulière pour Danielle Lecharpentier (1951-2020).

À mon éditeur, Charles Dantzig, d'avoir cru en ce texte.

TABLE

Cet ouvrage a été imprimé
par CPI Firmin-Didot au Mesnil-sur-l'Estrée
pour le compte des Éditions Grasset
en janvier 2024

Mise en pages
PCA 44400 Rezé

PAPIER CERTIFIÉ

N° d'édition : 23025 – N° d'impression : 177.352
Dépôt légal : février 2024
Imprimé en France